기담 룸

奇譚ルーム

기
담
룸

하야미네 가오루 장편소설

이연승 옮김

일러두기

1. 본문에 나오는 글자 중 진하게 표기된 부분은 원서에 방점이 찍힌 부분입니다.

2. 본문의 각주는 옮긴이 주석입니다.

3. 가상현실 공간을 구분하고 캐릭터에 생동감을 주고자 원서 그대로 말풍선, 아이콘 표기 등의 형식을 활용했습니다.

차례

기담 룸에 초대된
게스트들

탐정

소년

만화가

히어로

인형술사

신문기자

한량

선생

아이돌

기린

OPENING

느닷없이 물어서 미안한데, 넌 어떤 SNS를 써?

라인이나 트위터? 페이스북? 인스타그램을 쓰기도 할 거고.

나는 뭘 쓰냐고?

'룸ルーム'을 써.

응? 말도 안 돼! 룸을 모른다고? 요즘 가장 인기 있는 SNS라 당연히 알 줄 알았는데….

그럼 룸이 뭔지 설명해주지.

룸은 트위터나 페이스북 같은 교류형 소셜 네트워크 서비스야. 호스트가 어떤 주제의 방(룸)을 만들어 게스트를 초대하는 형태지.

룸은 주제에 따라 다양해. 친구들과 잡담을 나누는 룸이 있는가 하면, 영화를 보고 서로 감상을 주고받는 룸도 있어. 지휘자가 악기 연주자를 모아 콘서트를 여는 룸이나, 뿔뿔이 흩어진 반 아이들을 불러 모아 동창회를 여는 룸도 있고. 한 번이 아닌 정기적으로 열리는 룸도 있는데, 그곳에서는 마치 학교처럼 다양한 강좌가 열리기도 해.

그중 내가 초대받은 곳은 '기담 마니아'라는 룸이야.

응? '기담'이 무슨 뜻인지 모르겠다고? 기담이란 재미있고 괴이한 이야기를 뜻해. 풀리지 않은 수수께끼 같은 거. 특히 난 소설(비슷한 것)을 쓰고 있어서 그런 이야기에 더 관심이 많아. 자, 그럼 이제부터 내가 초대받은 기담 마니아에 대해 알려주도록 하지.

룸의 초대장이 도착한 건 오늘 오후.

나도 모르는 사이에 내 방 안 코르크보드에 붙어 있었다. 초대장에는 오늘 오후 5시부터 룸이 열린다는 내용과 함께 룸에 입장할 때 입력해야 하는 패스워드 등이 적혀 있었다.

입장용 패스워드: kitanmania4649*

주말과 공휴일, 목요일 오후를 제외한 시간에 입장할 수 있음

누가, 언제 이 초대장을 코르크보드에 붙여놓고 간 거지? 내가 기담에 관심이 있는 건 어떻게 알았을까…?

그야말로 수상하기 짝이 없는 초대장. 그런데도 내가 룸에 들어가고자 마음먹은 것은 요즘 들어 소설이 잘 써지지 않아서다. 기담을 듣다 보면 소재에 관한 힌트를 얻을 수 있을지도 모르니까.

룸에는 컴퓨터나 스마트폰, 태블릿 PC를 이용해 들어갈 수 있다. 지금 내 방 안에는 데스크톱 컴퓨터가 두 대, 태블릿 PC가 두 대, 노트북이 세 대, 스마트폰이 두 대 있다. 그중 평소 자주 쓰는 노트북 전원을 켰다. 쓰다가 만 소설이 들어 있는 폴더는 일부러 보지 않고 미리 받아놓은 룸 애플리케이션을 클릭했다.

---

* 숫자 '4649'를 일본어로 발음하면 각각 '욘(四, よ)', '로쿠(六, ろく)', '시(욘으로도, 시로도 읽음)', '큐(九, く)'이다. 이걸 연음해서 발음하면 '요로시쿠(よろしく)'가 되고, 이는 '어서 와', '잘 부탁해' 정도의 의미다.

그러자 가장 먼저 나타난 것은 문 모양의 그림. 문 겉면에는 개인 정보 입력란이 있는데, 여기에 이름과 나이, 룸에서 사용할 닉네임을 입력하면 된다. 하지만 나중에 등록해도 되니 일단 아무것도 적지 않고 '등록 완료' 버튼을 눌렀다.

그러자 손잡이 위에 네모난 창이 나타났고, 입장용 패스워드 'kitanmania4649'를 입력하자, 룸으로 들어가는 문이 열렸다.

새하얀 벽으로 둘러싸인 살풍경한 방.

방 가운데에는 크고 둥근 탁자가 있고 그 주변에는 하얀 의자가 총 열 개 배치돼 있었다. 전용 고글을 쓰고 입장하면 VR 기술로 방 안을 자유롭게 볼 수 있으며, 그곳에서 입장한 사람들의 모습은 아바타로 표시된다. 기담 마니아 룸에서는 아바타가 동물 인형이다.

입장할 때 따로 묻지 않은 걸 보면 게스트의 아바타를 어떤 인형으로 할지는 호스트가 정한 듯하다. 자신이 연 룸의 아바타들을 관리하는 권한이 호스트에게 있기 때문이다. 이를테면 호러 영화를 이야기하는 룸에서는 그 룸의 호스트가 아바타를 좀비로 설정할 수 있다. 언젠가 세탁물 애호가들이 모인 룸에 초대받아 들어간 적이 있는데 그때는 아바타가 티셔츠 모양이었다.

그렇다면 기담 마니아 룸에서 나는 어떤 동물 인형일까. 고글을 쓴 채 손을 내려다보니, 발굽이 달려 있다. 몸에는 마른 논밭의 갈라진 금 같은 그물코 무늬가 있다. 뭔가 낯익은 동물 같기는 한데 이게 대체 뭘까…? 주위를 둘러봐도 방에는 거울이 없어서 어떤 동물인지 확인할 수 없다. 나는 다시 방 안에 놓인 의자로 시선을 돌렸다. 그곳에는 북극곰 인형이 앉아 있었다.

나를 본 북극곰 인형이 말을 걸었다.

그러자 북극곰 옆에 자막이 떴다.

여어.

탐정

룸에서 대화할 때는 보통 키보드나 마이크를 쓴다. 입력한 글자나 내뱉은 음성이 자막으로 표시되는 형식이다. 대부분 키보드보다는 마이크를 쓰는데, 타자를 치는 것보다 말하는 것이 빠르고 편하기 때문이다.

나도 마이크로 대답했다.

안녕하세요. 탐정님…이라고 부르면 될까요?

나는 '탐정'이라는 닉네임을 보며 물었다.

그래. 잘 부탁하네.

탐정

이 사람이 현실 세계에서도 진짜 탐정인지는 알 수 없다. 룸에 접속할 때 닉네임을 자기 마음대로 등록할 수 있기 때문이다. 그러고 보니 나는 따로 닉네임을 등록하지 않았다. 그래서인지 상대에게 아바타와 자막만 보인다. 그러나 탐정은 신경 쓰지 않는지 내 이름을 묻지 않았다. 잠시 침묵의 시간이 흘렀다.

그러다 문을 두드리는 소리가 들리며 얼마 뒤 문이 열렸고, 늑대 인형이 서 있었다.

저… 여기가 '기담 마니아' 룸이 맞나요?

아이돌

늑대와 어울리지 않게 허약해 보이는 말투. 아바타 닉네임은 '아이돌'이다.

탐정

맞네. 어서 오시게나.

아이돌은 고개를 한 번 끄덕이고는 룸에 입장해 탐정 오른쪽 옆에 앉았다. 다음으로 들어온 인형은 너구리. 닉네임 은 '인형술사'다. 너구리는 문도 두드리지 않았다.

인형술사

이야, 여러분 모두 안녕하십니까. 저도 들어갑니다!

인형술사의 말투나 분위기를 보면 자막 속 글자 크기를 키워주고 싶을 만큼 활기차다. 그는 내 왼쪽 옆자리에 앉더니 쉬지 않고 떠들었다.

인형술사

의자만 잔뜩 있고 아직 절반도 안 온 건가…. 되게 적적한 룸이네. 이런 상태로 시작할 수 있겠어? 정 뭐하면 내가 인형극을 보여줄 수 도 있지만… 아, 인형이 없구나.

인형술사

하하하!

웃음소리다. 음성인식 기능이 탁월해서 웃음과 재채기 소리도 자막으로 정확히 재현된다. 방 안이 자막으로 점점 채워진다. 누가 입을 열지 않으면 영원히 웃음소리 자막만 뜰 것 같다. 다음으로 입장한 아바타는 코끼리 인형. 닉네임은 '선생'이다. 아쉽게도 그는 말없이 고개를 가볍게 숙이고는 곧장 자리에 앉았다.

그 뒤에도 닉네임이 '만화가'인 코알라, '히어로'인 사자, '신문기자'인 치타, '소년'이라고 불리는 양 인형이 차례로 입장했다. 이 네 명도 모두 침묵했다.

그리고 마지막으로 닉네임이 '한량'인 흑표범 인형이 자리에 앉자 비로소 모든 의자가 채워졌다.

그때 내 오른쪽 옆자리에 앉은 '소년'이 채팅 모드로 말을 걸어왔다. 채팅 모드로 말을 걸면 다른 사람에게는 보이지 않게 원하는 상대와 대화할 수 있다.

소년

'한량'이 뭔가요?

일은 안 하고 빈둥빈둥하는 사람을 뜻해.

나는 '소년'이 왠지 내 또래인 것 같아 반말로 대답했다.

소년

그렇군요. 고맙습니다.

소년이 예의 바르게 말했다. 내 닉네임이 보이질 않아서 어떤 말투로 대화해야 할지 감이 오지 않을 것이다. 그런 모습도 나와 왠지 닮았다. 소년이 말을 이었다.

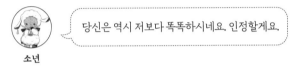

소년

당신은 역시 저보다 똑똑하시네요. 인정할게요.

응? 뭐지… 이 말은? 마치 나에 대해 아는 사람처럼 말하는데. 소년에게 질문을 던지려고 할 때 새로운 자막이 떴다.

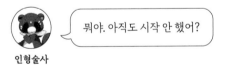

인형술사

뭐야. 아직도 시작 안 했어?

인형술사다. 불만스러워하는 게 훤히 전해진다.

선생

진정하세요. 이제 곧 시작할 겁니다.

이 냉정한 투의 자막은 선생이다.

선생

의자 열 개가 모두 채워졌습니다. 호스트를 포함해 이 룸에 들어와야 할 사람이 모두 모였다는 뜻이죠. 이제 곧 호스트가 대화의 포문을 열어줄 겁니다.

설득력이 있는 발언이다. 우리는 호스트의 말을 기다렸다. 그러나 그 누구도 입을 열 기색이 없다.

탐정

뭔가 이상하군.

탐정이 팔짱을 낀다.

탐정

호스트가 없으면 룸을 아예 열지 못하지. 그런데도….

그 말을 듣고 한량이 손을 들었다.

한량

> 난 룸이라는 SNS에 대해 잘 모르는데…. 호스트가 없으면 룸 자체를 못 만드는 거야?

탐정

> 못 만드네.

탐정이 딱 잘라 말했다.

탐정

> 호스트가 운영진에게 어떤 룸을 만들지, 게스트는 몇 명 초대할 건지 미리 알려줘야 룸을 개설할 수 있기 때문이지. 호스트는 룸 안을 꾸미고 게스트 숫자만큼 의자를 마련한 다음 게스트들에게 패스워드가 적힌 초대장을 보내네. 즉, 이 모든 과정을 진행할 호스트가 없는 한 룸은 존재할 수 없다는 말일세.

탐정이 막힘없이 술술 설명했다.

이번에는 아이돌이 손을 들었다.

아이돌

> 게스트는 룸에 반드시 와야 하나요? 초대장만 받고 룸에 오지 않을 경우에는….

그러자 탐정이 팔을 좌우로 흔들었다(현실 세계에서는 검지를 흔들면 되지만, 룸에서는 아바타로 있기 때문에 인형의 몸으로 표현하기 힘들었나보다). '걷다'나 '앉다', '손을 든다' 같은 간단한 동작은 컴퓨터가 자막 내용을 보고 판단하여 아바타를 움직인다. 하지만 '팔짱을 낀다'나 '어깨를 움츠린다', 조금 전 탐정이 한 것처럼 '손가락을 흔든다' 같은 약간 복잡한 동작은 명령어를 직접 입력해야 한다. 그러니까 탐정은 방금 굳이 명령어를 입력해서 손가락을 흔들어보려고 한 것이다(조금 완벽주의 기질이 있는 사람인가 보다).

탐정이 다시 입을 열었다.

탐정

> 그럴 리는 없겠지. 초대받아도 오지 않을 사람이라면 호스트가 애초에 초대장 자체를 보내지 않을 테니.

그 설명을 듣고는 아무도 입을 열지 않았다. 그러나 나는 묻고 싶었다. 호스트는 게스트를 어떻게 알고 선택하는 걸까? 내가 기담에 관심이 있다는 건 어떻게 알았을까?

　　나는 아홉 명의 아바타를 둘러봤다. 이 중 누군가가 내 취향을 알고 있다는 걸까…. 궁금했다.

인형술사

어쨌든 지금 여기 모인 사람들은 모두 기담을 좋아한다는 거잖아. 그러니 다투지 말고 사이좋게 가자고.

인형술사가 발언했다.

선생

불현듯 기담 속에 나오는 등장인물들이 가엾습니다. 영원히 죽지 못한 채 기묘한 이야기 속에서 살아가야 하니까요.

선생이 포갠 두 손 위에 턱을 얹은 채로 말했다. 기다란 코가 탁자 밖까지 나왔다.

한량

뭐야? 벌써 기담을 시작하려고?

한량의 자막에서는 장난기가 느껴진다.

선생

아뇨. 아닙니다. 전 그저 기담을 들을 때마다 그 안에서 죽지 못한 채 살아가는 등장인물들이 딱해서 하는 말이에요.

소년

기담 속 등장인물들은 정말 영원히 죽지 못하는 걸까요? 저는 조금 다르게 생각해요. 등장인물도 죽을 수는 있어요.

만화가

그게 정확히 무슨 뜻이지?

소년

등장인물들에게는 이야기를 성립하게 하는 존재 이유가 있어요. 만약 자기 존재가 의미 없다고 느끼는 순간 그 등장인물은 죽게 될 거예요.

만화가

과연, 스토리를 짜는 데 도움이 되겠어.

만화가가 발언하자 다음으로 신문기자가 중얼거린다.

신문기자

호스트가 누군지는 몰라도 이대로 진행해도 괜찮을 분위긴데?

그때 천장에 자막이 나타났다.

제군들, 어서 오시게. 오늘은 룸을 열기 딱 좋은 날이군!

인형들이 일제히 서로를 바라봤다.

만화가

방금 누구야?

탐정

그 누구도 아닐세. 하지만 이 안에 있는 누군가가 호스트 모드로 발언한 것만은 확실해 보이는군.

호스트는 호스트 모드와 게스트 모드를 써서 발언할 수 있다. 즉, 1인 2역을 할 수 있는 셈이다.

탐정이 이어서 설명한다.

탐정

우리가 발언할 때 자막에는 우리가 등록한 이름도 자동으로 뜨기 때문에 누가 발언했는지 알 수 있네. 하지만 조금 전 발언의 자막에는 등록된 이름이 없더군.

신문기자

이름을 등록하지 않은 사람의 발언이라는 뜻인가?

신문기자의 말에 모두 나를 바라봤다.

아뇨. 조금 전 그 발언은 제가 한 게 아니에요. 저도 초대장을 받은 게스….

내가 발언하는 도중에 또다시 출처를 알 수 없는 자막이 나타났다.

내가 바로 이 룸의 호스트다.
내 이름은 '머더러'.

머더러…. 살인자라는 뜻이다.

난 지금부터 너희들을 한 명씩 죽일 거야.

머더러의 자막에 내 발언이 조금씩 묻힌다.

누구부터 죽일지는 아직 안 정했어.
혹시 일찍 죽고 싶은 사람이 있으면 손 들어볼래?
먼저 죽여줄 테니.

우리 중 아무도 입을 열지 않는다. 만약 실제로 대면하고 있었다면 낯빛이 창백해졌을 것이다.

하하하하하!

인형술사

대뜸 웃음소리가 적힌 자막이 뜬다.

우리를 죽이겠다고? 무슨 말도 안 되는 소리를.
여긴 현실 세계가 아니야. SNS 속 가상공간일
뿐이라고. 우리를 어떻게 죽인다는 거야?

인형술사

이런, 이런.

머더러의 자막에서 '못 말리는 녀석이군'이라는 뉘앙스가 풍긴다.

> 증거를 보여주기 전까지는 못 믿겠다는 건가. 아쉽군. 심사숙고해서 천천히 죽여주려고 했는데.

그 말을 듣고 우리는 깜짝 놀라 숨을 집어삼켰다. 머더러는 지금 대체 뭘 하려는 걸까.

그 순간 내 오른쪽 옆에 앉아 있던 양 인형이 사라졌다. 소년이다! 소년이 사라져버렸다….

그러고 나서 뜬 머더러의 자막.

> 이제 알겠나? 방금 한 사람을 죽였어.

인형술사

> 훗…. 그런 빤히 보이는 거짓말을. 그 아이는 그저 로그아웃해서 룸을 나갔을 뿐이야. 그걸 두고 호들갑스럽게 죽였느니 어쩌느니 하는 건….

신문기자

> 아니, 머더러의 말이 사실일지도 몰라.

인형술사의 반론에 신문기자가 끼어들었다.

신문기자

룸을 취재한 적이 있어서 알아. 룸에서 로그아웃하면 해당 아바타가 직접 방문을 열고 나가게 돼 있어. 조금 전처럼 순식간에 사라질 수는 없다는 말이야. 추측해볼 수 있는 가능성으로는 기계가 고장 났다거나, 아니면 유저에게 무슨 일이 일어났거나….

아이돌

호스트는 아바타의 데이터를 관리할 수 있지 않나요? 머더러가 소년의 데이터를 삭제해버린 게 아닐까요?

아이돌의 질문에 신문기자가 고개를 가로젓는다.

신문기자

호스트에게 그런 권한까지는 없어.

저 말은 마치 '정말 못 말리겠군'이라는 뜻으로 들린다.

그러니까 내가 말했지.

너희가 룸에 들어온 시점에 너희와 아바타를 동일화(싱크로)시켜놨어. 아바타가 사라진다는 건 너희 목숨도 사라진다는 뜻이지. 이러면 좀 이해하겠나?

하지만 그런 말도 안 되는 일이 가능할 리 없다.

못 믿겠다는 건가. 어쩔 수 없군. 그럼 증거를 더 보여주지. 이 안에서 고통을 가장 잘 견딜 만한 사람은 아무래도 탐정 같은데, 미안하지만 조금만 참아주겠어?

그 순간, 북극곰 인형의 팔이 느닷없이 확 꺾이는 동시에 뚝, 하고 나뭇가지가 부러지는 듯한 소리가 났다.

탐정

읔!

탐정의 자막이 뜨고…
이건 고통을 참는 탐정의 비명…?

팔이 부러졌는데도 요란하게 울부짖지 않는다니, 대단하군. 역시 내가 사람 보는 눈이 틀리지 않았어.

팔을… 부러뜨렸다고…?

이제 너희와 아바타가 동일화됐다는 걸 이해하겠나? 아바타를 살짝 건드는 수준으로는 너희가 통증을 느끼지 못하겠지만 골절 수준이라면 통증을 느낄 거라고.

등줄기에 소름이 쫙 끼쳤다.

너희가 믿을 만한 증거를 좀 더 보여줄까? 제군들, 지금 실제 자기 몸을 한 번씩 확인해보지 그래?

머더러의 지시에 따라 나는 고글을 벗었다.

내가 방금 너희의 손등에 'X'자를 새겼거든.

앗! 두 손의 손등을 확인했다. …
괜찮아 보인다. 아무것도 새겨져 있지 않다.

표식이 잘 안 보이는 사람은 손등을 문질러보든지.

그의 말에 따라 손바닥으로 손등을 문질러봤다.

오른손 손등… 아무것도 보이지 않는다. 그런데 왼손 손등에 붉게 긁힌 자국이 나타났다.

X….

말문이 막혔다. 이곳은 룸이 아니다. 현실 세계다. 방 안을 둘러봐도 아무도 없다. 그런데도… 그런데도 내 손에 X자가 있다. 머더러는 대체 이걸 어떻게 새긴 걸까.

고글을 다시 쓰고 룸 안에 있는 모두를 바라봤다. 그들의 몸짓을 보니 나뿐만이 아니라 모두의 손등에 X자가 그려졌다는 걸 알 수 있었다.

그때 머더러의 자막이 나타났다.

> 아직도 못 믿겠는 사람은 손 들어볼래? 가슴에 칼을 꽂아줄 테니.

우리는 아무도 입을 열지 않았다. 지금 이 룸은 머더러가 지배하고 있다. 누구도 그를 거역할 수 없다.

> 도망치고 싶어? 로그아웃하고 싶지? 하지만 그러지 않는 게 좋아.
> 내 허락 없이 그런 짓을 하는 순간 그 즉시 죽음을 선사할 테니.

히어로

용서 못 해!

히어로가 처음으로 대화에 참여했다.

히어로

네놈 같은 악당은 반드시 이 몸께서 쓰러뜨려주마!

'히어로'다운 발언이지만, 왠지 말만 앞서는 느낌이라 크게 와닿지는 않았다.

> 그럼 너부터 죽여줄까? 그래도 되겠어?

우리는 히어로의 대답을 기다렸다.

….

만화가

경찰에 신고하자.

만화가가 제안했다. 그러나 곧 다시 머더러의 자막이 떴다.

그런 짓도 하지 않는 게 좋을 거야. 너희가 그래 봐야 로그아웃한 이후 인형 데이터는 내 손아귀에 남아 있으니. 그리고 너희가 로그아웃을 해도 동일화는 풀리지 않지. 너희 중 한 명이라도 경찰을 찾아가는 순간 난 모든 인형을 불길 속으로 던져버릴 거야.

그 말에 모두가 입을 굳게 다물었다. 싸늘한 공기가 우리 사이를 파고드는 것만 같다.

지금 너희에게 무슨 일이 일어났는지 이제야 좀 이해하는 것 같군. 자, 그럼 이제 너희가 해야 할 일을 설명해주지.

나는 마치 합격자 발표 게시판을 보는 것 같은 심정으로 머더러의 자막을 바라봤다.

지금부터 너희는 한 사람씩 돌아가며 기담을 들려줘야 해. 순서는 내가 정할 거고. 기담이 재미있으면 목숨만은 살려줄게. 하지만 재미없으면 그 즉시 죽일 거야. 이상. 질문 있나?

아이돌

재미있는지 없는지는 누가 정하죠?

당연히 나지.

인형술사

뭐야, 그게! 지금 장난해? 재미있어도 재미없다고 하고 죽일 거잖아!

내 말을 믿을지 안 믿을지는 너희 자유지만 난 장난 따위 안 쳐. 난 지금 아주 진지하다고. 불만이 있으면 지금 바로 죽여줄 수도 있지만, 그보다 재미있는 기담을 들려주는 쪽을 난 추천하겠어.

상황을 분석해본다. 머더러의 말이 옳다. 기담을 들려주는 것 외에 우리에게 다른 선택지는 없다.

내가 일부러 재미없다고 할 거라고 의심하는 상황은 유감이야. 그러니 살아남을 수 있는 조건을 하나 더 붙여줄게.

그 말에 우리는 일말의 희망을 품었다.

목숨을 건지고 싶다면 내 정체를 추리해보도록. 물론 그냥 막 던지는 건 금물이야. 제대로 된 근거가 없으면 인정하지 않을 거니까. 그리고 추리할 수 있는 기회는 한 사람당 한 번뿐. 틀리면 그 즉시 죽일 거야. 안 그러면 맞힐 때까지 끝없이 시도할 테니.

머더러의 정체….

그것을 밝히면 목숨을 구할 수 있다. 그러나 기회는 한 번뿐. 상당히 어려운 조건이다.

> 이제 다 이해한 것 같으니 첫 번째로 기담을 들려줄 사람을 지목하지. 만화가, 바로 당신이야. 직업 특성상 재미있는 기담을 알고 있을 것 같거든.

만화가

왜 하필 나야!

머더러는 만화가의 발언을 무시하고 말을 이었다.

> 모레가 목요일인가. 그럼 다음 모임은 금요일로 하지. 오후 5시. 다들 시간을 잘 지켜줬으면 해.

아무도 대답하지 않는다. 그럴 정신이 아닐 것이다.

> 아, 말하지 않아도 알겠지만, 그날 오지 않는 사람은 순서와 상관없이 죽일 거야.

그렇게 머더러의 발언은 끝났다.

누구죠?

선생

선생이 모두를 둘러본다.

머더러는 지금 이 안에 있어요. 그건 확실합
니다. 누가 머더러죠?

선생

당연히 아무도 대답하지 않는다. '모두 눈을 감고 책상
에 엎드려. 그리고 머더러는 손을 드는 거야. 솔직히 털어놓으
면 혼내지 않을게.' 선생은 지금 그런 말을 하고 싶어 하는 분
위기다.

이 안에 머더러가 있다고 어떻게 단언하지?
열한 번째로 룸에 들어온 녀석이 아바타를
보이지 않게 설정하고 머더러를 자처할 수
도 있잖아.

한량

한량의 발언을 듣고 신문기자가 고개를 좌우로 흔든다.

신문기자

이 방에 들어올 수 있는 인원은 최대 열 명까지 야. 그건 미리 놓여 있던 의자 수로 알 수 있어.

룸에 들어올 수 있는 최대 인원수는 정해져 있다. 의자 수가 열 개라면 열한 번째 사람이 들어올 수 없다는 뜻이다. 아이돌이 신문기자에게 물었다.

아이돌

그럼 같은 아바타를 두 명이 쓸 수는 없나요?

신문기자

그럴 수는 없어. 한 명이 아바타 두 개를 쓸 수는 있지만 그렇다고 해도 이 방에 들어올 수 있는 아바타는 열 개까지야.

어떤 가능성을 따져도 열한 번째 참가자는 있을 수 없 다는 뜻일까. 신문기자의 설명을 듣고 모두 입을 다물었다. 나 는 주변에 있는 아바타들을 확인했다. 이 안에 머더러가 있다. 그렇게 생각하자 좀처럼 입이 떨어지지 않았다.

인형술사가 탐정에게 물었다.

인형술사

당신은 머더러가 누군지 밝힐 수 있지 않아?

탐정

지금 상황에서는 어렵네. 추리하기에 단서가 너무 적으니.

인형술사

쓸모없는 탐정이네.

마음속으로만 해도 될 말을 굳이 입 밖으로 꺼내는 인형술사.

한량

머더러의 정체도 중요하지만 이 상황을 어떻게 헤쳐 나갈지 궁리해야지! 다 함께 힘을 합치면 뭔가 묘안이 나올지도 몰라.

한량의 발언에 신문기자가 곧장 반박한다.

신문기자

그러기는 어려울 걸, 한량 양반. 지금 이 안에는 머더러가 있어. 어떤 묘안을 떠올린다고 해도 들통날 수밖에 없다고.

한량

채팅 모드를 쓰면 괜찮지 않을까?

한량이 끈질기게 설득한다.

신문기자

그럼 당신이 먼저 한번 해볼래? 채팅 모드로 지정한 상대가 머더러라면 당신은 그 즉시 끝이야.

하지만 한량의 발언은 또다시 부정당했다.

만화가

잠깐만.

만화가가 벌떡 일어섰다.

만화가

지금 모두 다음이 자기 차례가 아니라서 실없는 소리를 하는 거야. 조금 더 진지하게 발언해줘!

아무도 입을 열지 않는다. 말하고 싶어도 무슨 말을 해야 좋을지 모르기 때문이다. 그때, 단 한 명 발언하는 사람, 히어로의 자막이 떴다.

히어로

> 포기하지 마! 희망을 버리지 않는 한, 우리는 지지 않는다!

하지만 모두가 그의 말을 무시한다. 그 말이 화장실 휴지보다 얄팍하다는 것을 알고 있기 때문이다.

탐정

> 어쨌든 지금 우리가 할 수 있는 건 하나밖에 없네.

탐정이 의자를 손으로 가리키며 만화가에게 앉으란 신호를 보냈다.

탐정

> 어떻게 했는지 몰라도 머더러는 아바타 인형과 우리를 동일화했네. 그리고 아바타를 관리하는 능력도 지녔지. 다시 말해 우리는 머더러의 지시대로 금요일 오후 5시에 모일 수밖에 없어.

만화가

> 난 어떡해야 하는데!

만화가의 말에서 숨 가쁜 긴장감이 느껴진다. 무슨 말을 하고 싶은지는 안다. 그러나 나는 일단 다음 차례가 아니라는 사실에 안도했다.

탐정

지금 자네에게 해줄 수 있는 말은 하나밖에 없네.

탐정은 만화가와 눈을 마주치지 않고 말했다.

탐정

머더러가 재미있다고 할 만한 기담을 준비해 오는 거야. 그 방법뿐이지.

만화가

준비하지 못한다면?

만화가의 물음에 탐정은 답하지 않는다. 그를 대신해서 대답하는 사람도 없다. 몰라서 발언하지 않는 것이 아니다. 입을 열고 싶지 않으니 침묵하는 것이다.

정신을 차려 보니 나는 룸에서 로그아웃한 상태였다. 고글 안이 칠흑 같이 캄캄하다. 고글을 벗고 벽에 걸린 시계를 확인하자 시간이 자못 흘러 있었다.

시간이 언제 이렇게…. 한 시간쯤 지났다고 생각했는데 벌써 몇 시간이 지나 있었다.

목이 타는 듯이 말랐다. 언제 다 마셨는지 생수병이 텅 비어 있다. 어깨가 무겁다. 눈꺼풀 안쪽이 뻑뻑하고 몸은 녹초가 되었다.

한숨을 크게 내쉬고 몸을 일으켰다. 눈앞에 놓인 노트북 모니터 화면에 닫힌 문이 보였다. 이 문이 다시 열리는 시각은 금요일 오후 5시. 만약 그때 들어가지 않는다면 나는 머더러에게 살해될 것이다.

기담을 들려줄 사람은 만화가. 이야기를 마쳤을 때 그가 살아남을지는 머더러의 손에 달려 있다. 그리고 나 역시 문을 다시 여는 것 외에 다른 선택지는 없다.

첫 번째 기담

"난 며칠 밤낮을 미친 듯이 그림만 그렸어. 체력도 정신력도 바닥이 난 상태였지. 눈은 뜨고 있지만 현실인지, 꿈인지 분간이 안 됐어. 그렇게까지 했는데도 도저히 마감일을 지킬 수가 없었지. 망연자실하던 바로 그 순간, 기적 같은 일이 벌어진 거야. 그 사람은 도플갱어였을까?"

현실 세계로 돌아간 나는 목숨을 건지려면 무엇을 해야 할지 고민했다. 아무리 머더러라고 해도 현실 세계에서는 인간이다. 그렇다면 경찰에 신고해서 머더러가 지금 있는 곳을 밝혀내 붙잡는 것이 가장 좋은 방법일 것이다.

그러나 그 방법에는 문제가 있다. 우선 단서가 너무 적다. 룸에서 나눈 대화를 곱씹어봤지만, 머더러가 지금 있는 곳을 알아낼 만한 힌트는 없었다. 다음으로 우리는 자유롭게 움직이지 못한다. 머더러는 누구라도 경찰에 신고하면 모든 인형을 불구덩이에 던져버리겠다고 했다. 이건 현실 세계에서 우리가 어떤 행동을 하는지 머더러는 알 수 있다는 뜻이다. 만약 자신의 정체를 밝히려 드는 사람이 있다면 머더러는 그 즉시 우리 모두를 죽일지 모른다. 그러지 않아도 단서가 부족한데 자칫 잘못하다가는 죽을 수도 있는 상황인 셈. 남은 방법은 오직 추리로 머더러의 정체를 밝히는 것뿐이다.

자포자기하고 싶을 만큼 어려운 문제지만 목숨이 걸려 있으니 할 수밖에 없다. 나는 룸 안에서 사람들과 나눈 대화를 처음부터 다시 한 번 되짚었다. 게스트 중에 누가 머더러일까? 참가자들의 대화 속에 혹시 힌트는 없었나? 혹시 수상한 움직임을 보인 사람은 없었나? 침대에 드러누워 하얀 천장을 바라보며 생각을 넓혀갔다.

만화가, 히어로, 인형술사, 신문기자, 한량, 선생, 아이돌, 탐정…. 이 여덟 명 중에 머더러가 있다. 그때, 불현듯 머리를 스친 생각에 침대 위에서 몸을 벌떡 일으켰다.

소년!

맨 처음 살해됐다는 이유로 우리는 소년을 머더러 후보에서 제외했었다. 만약 머더러가 소년이고, 그 자신이 살해된 것처럼 연출했다면….

아무도 소년을 의심하지 않았다. 나는 심장이 두근거렸다. 소년과는 대화를 몇 마디 나눴는데, 그때 그는 마치 나를 아는 것처럼 말했다. 아니, '그'라고 하지만 남자가 아닐 수도 있다.

아니야…. 거기까지 의심하면 한도 끝도 없다. 나는 채팅 당시 분위기를 떠올리며 소년이 '남성'이고 '나와 비슷한 또래'라고 믿었다.

자, 그럼 이제 소년에 대해 어떻게 조사하느냐가 문제인데…. 순간 좋은 수가 떠올랐다. 소년이 정말로 죽었다면 반드시 뉴스에 나왔을 것이다. 그런 뉴스가 나오지 않았다면 소년은 죽지 않은 것이다. 즉, 소년이 머더러라는 뜻이 된다. 나는 여러 개의 통신기계 중 가장 가까운 곳에 있는 컴퓨터를 골라 전원을 켰… 어라? 전원이 켜지지 않는다.

전원 버튼을 여러 번 눌러도 반응이 없다. 아무래도 고장 난 듯하다. 언제 고장 났는지 신경 쓰였지만 지금은 그보다 뉴스를 검색하는 게 먼저다. 나는 평소 자주 쓰는 노트북을 켜고 인터넷을 뒤지기 시작했다.

신문 기사 목록에서 룸이 만들어진 날짜를 지정해 소년이 사망한 뉴스를 찾았다. 그러자 한 건이 나왔다. 스마트폰을 보며 거리를 걷던 소년이 교통사고를 당했고, 실려 간 병원에서 사망했다는 내용의 기사.

가슴이 쿵쾅거렸다. 스마트폰을 보며 걸었다니…. 이 소년은 스마트폰으로 룸에 접속한 걸까? 그리고 머더러는 교통사고로 연출해서 소년을 죽인 걸까…. 나는 머더러의 능력을 깨닫고 섬뜩해졌다. 교통사고로 연출해 누군가를 죽인다. 그런 엄청난 짓을 할 수 있다니….

노트북을 끄고 다시 생각에 잠겼다. 아바타와 우리를 동일화하고 현실 세계에서 마법처럼 사람을 죽일 수 있는 머더러. 이런 머더러를 쓰러뜨릴 방법이 과연 있기나 할까?

답은 바로 나왔다. 불가능하다.

나는 절망하며 눈을 감았다.

눈 깜짝할 사이에 금요일이 찾아왔다.

결국 머더러에 관한 단서를 하나도 얻지 못한 채 룸에 들어가야 했다. 시험공부를 하나도 하지 않고 학교에 가는 기분이라고 해야 할까. 아니, 그보다 더 심각하다. 만화가의 기담이 재미없을 경우 그에게는 죽음이 기다리고 있다. 그리고 우리는 그 죽음을 지켜봐야 한다. 가슴속에 납덩이가 들어찬 것 같은 마음으로 룸에 입장해 의자에 앉았다.

그곳에 있는 건 탐정뿐이었다. 탐정은 말없이 나를 향해 손을 들어 올렸다. 도저히 이야기할 기분이 아니어서 나도 가볍게 고개를 숙이기만 했다. 다음으로 들어온 사람은 아이돌. 그 후 인형술사, 선생이 차례로 들어왔고, 소년을 제외한 모두가 룸 안에 들어왔다. 하지만 그 누구도 입을 열지 않았다. 우리는 만화가가 어떤 말을 꺼낼지 기다렸다. 그러나 만화가는 고개를 푹 숙인 채 가만히 앉아 있었다.

가장 먼저 입을 연 사람은 인형술사였다.

인형술사 용케도 도망치지 않았군.

만화가 당신이라면 도망치겠어?

나라면 어떨까. 나도 만화가처럼 룸에 왔을 것이다. 도망쳐봐야 소용없을 테니. 그럴 바에야 룸에 와서 기담을 들려주는 게 낫다. 머더러가 재미있다고 하면 살아남을 가능성도 있으니까.

누군가가 한숨을 내쉬었다. 아니, 기분 탓일 것이다. 아바타는 한숨 같은 건 쉴 수 없다.

제군들, 어서 오시게.

느닷없이 머더러의 자막이 나타났다.

한 명도 도망치지 않고 모두 모여줘서 대단히 기쁘군. 다들 기담을 좋아하는 모양이야.

웃을 분위기가 아니다.

자, 만화가 당신에게 기대가 아주 커. 모두가 실망하지 않을 기담을 부탁해.

그 말에 만화가가 혀를 차는 듯했다. 아니, 이것도 기분 탓이겠지. 인형은 혀를 찰 수 없으니까.

만화가

이건 내가 직접 겪은 이야기인데, 사실 별로 떠올리고 싶지 않은 체험담이야.

잠시 후 우리가 둘러앉은 탁자 가운데 원통형 모니터가 떠올랐다. 그 표면에 표시되는 글자. 이것이 바로 만화가의 기담….

나는 집중해서 이야기를 읽기 시작했다.

모두들 만화가가 어떤 일을 하는지 상상해본 적 있나? 대부분 매일 방 안에 틀어박혀서 그림을 그리는 이미지를 떠올릴 것이다. 하지만 실제로는 그리기 전에 다양한 사전 준비 작업이 있다. 나처럼 연재하는 작품이 한 달에 한 작품밖에 없는 만화가도 나름대로 할 일이 많은 것이다.

우선 담당 편집자와 회의를 하는데, 시놉시스를 짜면 상의해서 네임 작업에 들어간다. 네임이란 만화를 그리기 전 초기 작업 같은 것으로, 콘티를 생각하면 된다. 월간 연재만화는 분량이 30쪽이라 30쪽짜리 네임을 만들어야 한다.

이 네임이 만들어지면 다시 편집자와 회의하며 수정해나간다. 여기까지가 대략 열흘 정도 걸리려나. 이후 편집자가 OK 사인을 주면 네임에 맞춰 밑그림을 그린다. 나는 밑그림을 그리는 데 대략 일주일 정도 걸린다.

밑그림이 완성되면 드디어 펜으로 선화를 그린다. 잘나가는 만화가들은 어시스턴트를 여러 명 쓰지만 나는 거의 혼자서 그 일을 한다. 적어도 배경 담당 어시스턴트라도 있으면 좋겠지만 고용할 여력이 없다. 펜으로 선화를 그리는 데 걸리는 시간은 대략 일주일에서 열흘. 그로써 아슬아슬하게 마감에 맞춰 작품이 완성된다.

잘나가는 선생님들처럼 마감을 둘러싼 소동 같은 것은 없다. 원고료가 낮은 것만 감안하면 입에 풀칠할 수준은 된다. 연재하는 만화가 단행본으로 나오면 괜찮은 수준의 수입이 들어오기도 한다. 백 퍼센트 만족하는 것은 아니지만 좋아하는 만화를 그리며 먹고살 수 있으니 별로 불만은 없다.

그런데 그 달만큼은 일정에 문제가 생겼다. 우선 내가 그린 만화가 처음 단행본으로 나오게 되어 책의 커버 일러스트를 그려야 했다. 거기다가 서점 광고용 일러스트도 맡았다. 그리고 만화책 발매 기념으로 연재 원고에 컬러 페이지가 들어갔다. 컬러로 그리는 데에는 서투르니 시간이 더 걸렸다. 또 다른 잡지에서 의뢰받은 단편 만화와도 일정이 겹쳤다.

설명이 조금 길었는데, 어쨌든 나로서는 하루에 48시간이 필요한 상황이었다. 돈을 아끼느라 어시스턴트를 쓰지 않은 것이 오판이었다. 혼자서 어떻게든 할 수 있다며 상황을 너무 우습게 생각했다.

처음 열흘 정도는 잠자는 시간, 식사 시간을 줄여가며 어떻게든 소화할 수 있었다. 그러나 보름이 지나자 체력이 버티질 못했다. 정신력도 한계에 다다랐다. 왜 이렇게 사서 고생을 하나, 아무리 머리를 굴려봐도 해답은 나오지 않았다.

'만화를 그리는 게 좋으니까.' 나는 그렇게 되뇌며 최대한 머릿속을 비우고자 했다. '하나도 안 힘들어! 눈을 뜨고 있는 동안 계속 만화를 그릴 수 있다니, 이보다 더 좋은 일이 어디 있어!' 그렇게 스스로를 세뇌하며 지옥 같은 나날을 견뎠다.

마감 사흘 전, 깨었는지 잠들었는지, 죽었는지 살았는지도 분간되지 않는 시간이 흘렀다. 아마 밥도 거의 먹지 않았을 것이다. 하지만 허기는 느껴지지 않았다. 피로가 한계에 다다라 식욕이 사라진 거라고 처음에는 대수롭지 않게 생각했다. 그러나 배에 손을 갖다 댄 순간 나는 화들짝 놀랐다. 내장이 전부 사라져버린 게 아닐까 싶을 만큼 몸이 홀쭉해진 것이다. 배가 고프지 않았던 것도 당연했다. 위와 장이 모두 사라졌으니….

목욕? 그런 건 이미 의식에서 사라지고 없었다. 몸에서 퀴퀴한 냄새가 나는 것도 당연하다고 여겼다. 체취는 어느덧 고기가 썩는 듯한 냄새로 바뀌었다. 처음에는 이를 걱정했지만 점차 신경 쓰지 않았다.

'혹시 내 몸이 썩고 있는 건 아닐까? 내가 살아 있는 건 맞나?' 마치 죽은 사람이 된 것 같아 뒤숭숭했다. 그러다가 무덤 사진을 인쇄해서 벽에 붙이자 묘하게 마음이 가라앉았다. '난 살아 있는 시체가 돼버렸어.' 그렇게 생각하면서도 만화를 그리는 손을 멈추지 않았다(그때를 떠올리면 정말 장하다고 나 자신을 칭찬해주고 싶다).

그리고 마침내 다가온 마감 전날. 남은 원고 매수는 평소라면 충분히 소화할 수 있는 양이었다. 그러나 그때 나는 체력과 정신력이 모두 바닥이 나 도무지 평소처럼 작업 속도를 낼 수 없는 상황이었다. 하지만 희한하게도 마음은 차분했다. 몸과 함께 감정까지 죽어버린 것 같았다. 의식이 점차 몽롱해졌다. 그러다가 멍해진 머리에 다시 정신이 돌아온 것은, 격렬한 통증을 느끼고 나서다.

보아하니 책상에서 떨어진 펜이 발등에 꽂혀 있었다. 황급히 발등에서 펜을 뽑는데, 그 순간 나는 창밖을 보고 소스라치게 놀랐다. 어느덧 날이 밝은 것이다.

시계를 보니 마감까지 앞으로 한 시간밖에 남지 않았다. 비명을 지르고 싶은 마음을 꾹 참고 책상을 봤다. 그리고 심장이 멎는 줄 알았다. 남은 원고가 모두 완성돼 있었던 것이다.

눈을 의심하며 원고를 수없이 보고 또 봤다. 하지만 역시 완성돼 있었다…. 나는 편집자가 집에 찾아오기 전까지 혼이 나간 사람처럼 그 자리에 우두커니 서 있었다.

선생

어쨌든 다행 아닌가요?

가장 먼저 선생이 감상을 말했다.

한량

참 기묘한 이야기네. 원고가 어떻게 완성된 거지?

한량이 중얼댔다.

아이돌

하이호 난쟁이*의 소행 아닌가요?

아이돌의 말을 듣고 인형들이 고개를 갸웃거렸다.

아이돌

모두 들어본 적 없으세요? 할 일이 남았는데도 깜빡 졸 때 난쟁이가 나타나서 남은 일을 전부 대신 끝마쳐준대요.

---

* 미국 애니메이션 '하이호! 일곱 난쟁이'에 나오는 캐릭터로, 일을 마칠 때마다 하이호를 외쳐서 붙여진 이름이다. 백설공주를 도와준 일곱 난쟁이가 이들의 전신이다.

나는 긍정도 부정도 하지 않고 말없이 아이돌이 하는 말을 들었다.

인형술사

> 그럼 이건 기담이 아니라 동화네.

인형술사가 바보 취급하듯이 말했다.
그러자 만화가가 손을 휘휘 내저었다.

만화가

> 아니, 잠깐. 실은 아직 말하지 못한 게 있어.

그 말을 듣고 모두 만화가의 뒷이야기를 기다렸다.

만화가

> 펜이 발등에 꽂히기 전까지 몽롱한 상태였다고 했지? 그때 아무래도 내가 깜빡 졸았던 것 같아.

아이돌

> 역시 난쟁이의 소행이었네요!

아무도 아이돌의 말에 반응하지 않는다. 만화가가 이어서 말했다.

만화가

그러면서 꿈을 꾸었던 것 같은데… 단언하지 못하겠지만 그 꿈이 아주 기묘해서….

만화가의 말이 도중에 끊겼다. 이야기를 해야 할지 말아야 할지 망설이는 듯하다.

그러다 잠시 후 만화가가 다시 이야기를 꺼냈다.

만화가

꿈속에서 또 한 명의 내가 책상을 마주 보고 앉아서는 필사적으로 원고를 그리고 있었어. 난 방해되지 않게 그 모습을 가만히 지켜보고 있었고. 그렇게 또 한 명의 나는 원고를 다 완성하고 나서 마치 바통 터치를 하듯 나와 하이파이브를 하고 방을 나갔어.

모두가 입을 열지 않는다.

'또 한 명의 나…'

신문기자

생각보다는 기담다운걸? 그러니까 지금 만화가 당신은 '도플갱어를 목격했고 그 도플갱어가 나를 대신해서 원고를 그려줬다.' 그런 이야기를 하려는 거지?

신문기자가 물었다.

'도플갱어'란 나와 똑같은 모습을 한 사람을 말하는데, 전해지는 이야기로는 도플갱어를 목격한 사람은 가까운 시일 안에 목숨을 잃는다고 한다.

그러자 만화가가 대답했다.

만화가

나도 그때 본 광경을 꿈이라고 생각하고 싶어. 도플갱어를 보면 죽는다는 이야기도 있으니까. 하지만 도플갱어가 도와준 게 아니라면 도무지 설명할 수 없는 상황이라.

인형술사

잠을 못 자서 몽롱한 나머지 거울에 비친 자신을 보고 착각한 것 아니야?

인형술사의 질문에 만화가가 고개를 좌우로 흔든다.

만화가

난 거울을 싫어해서 집 안에 거울이 없어.

선생

혹시 어시스턴트가 집에 왔던 건 아닐까요?

선생의 질문에도 만화가는 고개를 가로젓는다.

만화가

돈 한 푼 못 받는데 도와주러 올 어시스턴트는 내가 아는 사람 중에 없어. 그렇게 한가한 사람도 없고.

그 말에 모두가 입을 다문다.

슬슬 머더러가 무슨 말이라도 해야 할 때라고 생각했을 때 탐정이 입을 열었다.

탐정

'코타르 증후군'이군.

처음 듣는 단어다.

선생

코타르 증후군이라니, 그게 뭐죠?

선생이 고개를 갸웃한다.

탐정

신체의 일부가 없어졌거나 자신이 죽었다고 생각하는 정신 질환일세. 일명 '걷는 시체 증후군'이라고도 하지. 쉽게 말해 자신이 죽었다고 믿는 마음의 병 중 하나일세.

탐정이 만화가를 바라보며 말을 이었다.

탐정

자네는 마감을 앞둔 그 어려운 상황을 어떻게 견뎠다고 했지? '하나도 안 힘들어! 눈을 뜨고 있는 동안 계속 만화를 그릴 수 있다니, 이보다 더 좋은 일이 어디 있어!'라고 생각했다고 했지?

만화가가 고개를 끄덕인다.

탐정

'현실은 괴롭기 짝이 없지만 억지로라도 즐겁다고 생각했다.' 그래서 자네 마음이 더 못 버티게 된 걸세. 결국 우울증에 빠진 자네는 코타르 증후군에 걸리고 만 거지.

만화가는 탐정의 이야기를 말없이 듣고 있다.

식사를 거르고 씻지도 않으며 마치 죽은 사람처럼 사는 것이 바로 코타르 증후군의 증상일세. 무덤처럼 죽음을 연상하게 하는 것이 옆에 있어야 마음이 놓인다고 한 것도. 몸속의 장기가 사라졌다고 느끼거나 자기 몸이 썩었다고 믿는 것도 마찬가지일세.

탐정

나는 만화가의 기담에 그런 내용이 있었던 것을 떠올렸다. 탐정이 만화가에게 말했다.

그런 증상이 나타났을 때라도 휴식을 취했으면 좋으련만 자네는 자신을 더 몰아붙였지. 그러다 결국 도플갱어를 만나게 된 거야.

탐정

탐정의 이야기에서 어딘가 반론하지 못할 힘이 느껴졌다.

도플갱어는 '해리성 장애' 등으로 설명할 때가 많네. 한계에 내몰린 자네는 정신이 상당히 위험한 지경에 이르렀던 것 같군.

탐정

도플갱어 따위는 없다는 말이야?

만화가

만화가의 질문에 탐정이 고개를 끄덕인다.

탐정

그렇지. 그때 원고를 완성한 건 도플갱어가 아닌 자네 자신일세!

탐정이 만화가를 손으로 가리킨다.

탐정

복서가 의식을 잃은 상태로 마지막 라운드까지 임했다는 이야기를 종종 듣지 않나. 그와 마찬가지로 자네도 의식이 없는 상태에서 원고를 완성했을 테지. 하지만 그 원고의 완성도는 어땠나?

탐정의 질문에 만화가는 쉽게 대답하지 못한다.

탐정

의식이 몽롱한 상태에서 그린 만화가 재미있을 리 없지. 만화라는 게 그렇게 만만하지 않으니. 내가 추리하기에 그 원고는 퇴짜를 맞았을 것 같은데, 맞나?

만화가

그래, 당신 말이 맞아.

만화가의 자막에서 왠지 체념한 듯한 기운이 느껴졌다.

만화가
그 때문에 난 신뢰와 일을 모두 잃었지.

탐정이 다시 한번 고개를 끄덕이고는 말을 잇는다.

탐정
자네는 그런 현실을 인정하고 싶지 않았던 게야. 그래서 '이 원고를 그린 사람은 내가 아니다. 나는 이런 신뢰를 저버릴 만한 원고는 그리지 않는다.'라고 생각했던 게지. 그 마음이 또 한 명의 자신, 즉 도플갱어를 만들어낸 걸세.

만화가
아니, 난….

만화가는 반론하려는 듯했으나, 뒷말을 잇지 못했다.

스스로 가장 잘 아는 사실을 지적받았으니 되받아칠 수 없었을 것이다.

재미없어.

바로 그때, 머더러의 자막이 떴다.

당신 정말 프로 만화가 맞아? 사실 전혀 다른 직업을 가진 사람
은 아니고? 룸에 들어올 때 진짜 직업을 쓸 필요는 없으니까.

만화가는 바보 취급하는 머더러에게 아무 대꾸도 하지
못했다.

마감만 지키면 된다는 건 아마추어나 할 발상이잖아. 마감 기간
안에 최고의 결과물을 만들어내는 게 프로 아닌가?

엄격한 머더러의 말에 나는 손이 덜덜 떨렸다.
그때 만화가가 항변하듯 입을 열었다.

만화가

나야말로 아마추어에게 그런 말은 듣고 싶지
않다고. 너희가 창작의 고통을 알아?

그런 고통 따위 알고 싶지도 않고 알 필요도 없어. 아마추어는
그저 재미있는 만화만 읽으면 그만이니까. 그런 것도 모르나?
당신은 만화가로서 실격이라는 말을 들어도 할 말이 없어.

그 말에 만화가는 또다시 입을 다물고 만다.

그러자 머더러가 이어 말했다.

> 아무튼 당신 기담은 재미없었어. 약속한 대로 당신을 죽일게.

그 말이 끝나기가 무섭게 코알라 인형이 사라졌다.

만화가가 죽었다….

머더러가 발언한다.

> 자, 다음 기담을 들려줄 사람을 정할 거야.

나는 머더러의 자막을 보며 충격을 받았다.

지금까지는 만화가가 방파제가 되어주었다. 그러나 이
제 방파제는 없다. 다음 이야기를 할 사람으로 내가 지목된다
면…. 다른 사람들도 비슷한 심정일 것이다. 모두가 고개를 푹
숙이고 있다.

그때 고개를 들고 인형술사가 발언했다.

인형술사

순서는 어떻게 정하는데?

머더러가 입을 연 동시에 룰렛이 원형 테이블 위에 나타났다. 판 가장자리에는 열 개의 구멍이 있고 각각의 지점마다 아바타들의 사진이 붙어 있다. 그중 한 곳에 처음 보는 기린 사진이 있다. 이것이 바로 내 아바타로군…. 죽어버린 양과 코알라 사진이 붙은 구멍 위에는 덮개가 씌워져 있다. 룰렛이 돌기 시작했다.

구슬 투입!

왠지 즐거워 보이는 머더러. 금색 구슬이 데구루루 소리를 내며 룰렛 안을 굴러다닌다. 돌아가는 속도가 점차 느려지더니 이내 구슬이 한 구멍 안으로 떨어졌다.

축하해! 다음 이야기의 주인공은 히어로야!

마을 축제에서 제비뽑기에 당첨이라도 된 것 같은 딸랑딸랑하는 종소리가 귀에 거슬린다. 내가 아니라는 사실에 안도하면서도 한편으로 그런 나 자신이 혐오스럽다.

히어로 쪽을 힐끗 봤다. 똑바로 앞만 보고 있는 사자.

충격을 받은 걸까.

다음 모임은 월요일로 하지. 월요일 오후 5시, 잊지 마. 목숨이
걸린 일이니 잊을 리는 없겠지만.

머더러는 말을 마치더니 사라졌다.

룸을… 나간 건 아니겠지. 머더러는 지금 이
안에 있을 테니.

인형술사

인형술사의 말에 아무도 대답하지 않는다.

히어로가 몸을 일으키더니 그대로 문 쪽으로 향했다.

그러고는 룸을 나가기 직전 돌아보며 이렇게 말했다.

다들 안심해. 이 한목숨 바쳐 머더러를 쓰러
뜨리겠어!

히어로

그 말에 반응한 사람은 인형술사뿐이었다.

인형술사

그래. 기대할게.

진심으로 한 말이 아니라는 것쯤은 모두가 알고 있다.
그렇게 방 안에 남은 일곱 명.

아이돌

다음 모임은 월요일. 그때까지 우리가 할 수 있는 일을 상의해볼래요?

아이돌이 제안했다.

한량

그런데 지금 이 안에는 머더러가 있잖아. 우리가 나눈 이야기가 전부 머더러의 귀에도 들어갈 텐데.

한량이 반대 의견을 냈다.

신문기자

아니, 어쩌면 히어로가 머더러일지도.

신문기자의 발언에 인형술사가 곧장 반박했다.

인형술사

그럴 리 없어. 내가 보기에 히어로는 입만 산 녀석이야. 그에 반해 머더러는 배짱이 두둑한 악당 냄새가 풍기지. 둘이 같은 사람일 리 없다고.

그 말을 들은 사람들이 고개를 연신 끄덕인다.

나도 한마디 거들었다.

지난번에 소년이 살해됐을 때, 실은 머더러가 소년이고 살해된 척하는 게 아닐까 의심했어요.

선생

오, 꽤 그럴듯한 추리네요.

선생이 호들갑스럽게 놀란다.

한량

그래서, 그 소년이 정말 머더러야?

한량의 질문에 나는 고개를 가로저었다.

스마트폰을 보면서 걷다가 교통사고를 당한 소년이 병원에서 숨졌다는 뉴스 기사를 인터넷에서 봤어요. 그래서 스마트폰을 통해 룸에 들어온 소년이 머더러에게 살해됐다고, 처음에는 그렇게 생각했어요.

하지만 그게 바로 트릭이 아닐까 하는 의심을 하게 된 거죠…. 아무 상관도 없는 소년이 교통사고로 죽은 것을 이용해 마치 자신이 죽은 것처럼 연출한 게 아닐까 하는….

탐정

소년이 머더러가 아닐까 하는 의심은 나도 품고 있었네. 하지만 그럴 가능성은 없어.

인형술사

왜지?

탐정

오늘 소년이 룸에 오지 않았기 때문일세. 룸 안에서 발언할 수 있는 건 룸에 있는 사람들뿐이거든. 머더러가 발언할 때 소년은 없지 않나. 그건 곧 소년은 머더러가 아니라는 뜻이지.

탐정은 대수롭지 않은 이야기인 것처럼 말했다.

인형술사

> 과연! 역시 탐정이네!

인형술사가 손뼉을 쳤다.

탐정

> 그래서 똑같은 이유로 만화가도 머더러가 아닐세. 만화가가 룸에서 사라지고 나서도 머더러는 계속 이야기했으니까.

탐정의 이야기를 듣고 모두가 고개를 끄덕였다.

그렇다면 누가 머더러일까?

수수께끼는 아직 풀리지 않았다.

두 번째 기담

"남자는 눈을 떴다. 심장이 쿵쾅거리고 온몸이 땀에 흠뻑 젖었다. 손이 덜덜 떨린다. 혀로 손바닥을 핥으니 쇠 맛이 입안에 퍼진다. 숨을 크게 들이마신다. 심장 소리가 조금씩 잦아든다. '해냈어…. 내가 해낸 거야.' 어둠 속에서 남자의 얼굴에 미소가 떠올랐다. 현실에서는 못하는 것을 꿈속에서는 손쉽게 할 수 있다. 남자는 마치 다시 태어난 기분에 휩싸였다."

히어로

이건 내 꿈 이야기야.

히어로는 그렇게 서두를 떼고 이야기를 시작했다.

월요일, 지난번과 마찬가지로 우리는 룸에 모였고 그때처럼 아무도 입을 열지 않았다. 그리고 모두 모였을 때 예고도 없이 히어로가 이야기를 꺼냈다.

얼마 전 룸을 나갈 때 히어로는 "이 한목숨 바쳐 머더러를 쓰러뜨리겠다."라고 했다. 하지만 나는 그 말을 믿지 않는다. 머더러를 쓰러뜨리지 못했을 때 어떻게 책임질 것인지 전혀 준비되지 않은 듯 보였기 때문이다. '목숨을 바쳐서'라고 했지만, 목숨이 걸린 것은 우리도 마찬가지다. 입으로는 어떤 말이든 할 수 있다. 하지만 책임지지 못할 말에는 무게가 실리지 않는 법이다.

다른 게스트들도 나와 비슷하게 생각했을 터. 그러니 책임지는 방식에 대한 언급도 없이 히어로가 이야기를 시작했을 때 그러려니 했다.

만화가 때와 마찬가지로 테이블 위에 원통형 모니터가 올라왔다. 히어로가 작성한 기담이 모니터에 뜨자, 집중해서 그의 기담을 읽기 시작했다.

그 남자는 아무것도 못하는 인간 같았다. 어렸을 때는 공부와 운동을 못했거니와 친구들과의 소통도 서툴렀다. 모두 함께 자전거를 타고 놀러 갈 때도 그는 자전거를 타지 못해 따라가지 못했다. '특별한 능력을 바라지는 않지만 모두가 할 줄 아는 것 정도는 나도 하고 싶어.' 그렇게 기도했지만 남자는 여전히 아무것도 하지 못했다. 능숙해진 것은 오직 한숨을 내쉬는 것뿐이었다. 어른이 됐을 때는 포기하는 것에도 능숙해져 있었다.

그런 그가 어떤 여자를 좋아하게 되었다. 짝사랑을 한 지 1년이 지났다. 그는 어떻게든 자신의 마음을 전달하려고 노력했지만 아무 성과도 내지 못했다. 여자가 다른 남자와 결혼한다는 소식을 들었을 때 남자는 그저 미소 지을 수밖에 없었다.

"너는 꿈을 안 꿔?"

어느 날 어린 시절 친구와 술잔을 기울이고 있을 때 친구가 그에게 물었다.

"내게는 꿈도 희망도 없어. 너도 내가 아무것도 못하는 남자라는 걸 알잖아."

남자는 맥주를 홀짝이며 대답했다.

"아니, 지금 내가 묻는 건 밤에 꾸는 꿈을 말하는 거야."

친구는 맥주잔을 단숨에 비우고 말했다.

"꿈…"

남자는 떠올렸다.

'응? 그러고 보니 나는 꿈을 꿔 본 적이 없나…?'

아무리 떠올리려 해도 꿈이라는 것을 꾼 기억이 없었다.

'나는 꿈을 꾼 적이 없다.' 그렇게 깨닫자 그는 꿈을 꿔보고 싶어 안달이 나기 시작했다.

'어떡해야 꿈을 꿀 수 있지?'

남자는 조사를 하면서 푹 자는 법과 악몽을 꾸지 않는 법은 알게 됐다. 그러나 '꿈을 꾸는 법'은 아무리 찾아도 나오지 않았다. 그전까지의 남자라면 '나는 꿈도 못 꾸는 사람'이라며 포기했을 것이다. 그러나 이번만은 달랐다. '현실에서는 아무것도 못하니 적어도 꿈만은 꾸고 싶어!' 남자는 회사까지 그만뒀다. 그리고 대량의 식료품과 물을 산 다음 방 안에 틀어박혔다.

침대에 누운 남자는 불을 끄고 마음을 굳게 먹고서 눈을 감았다. '꿈을 꾸기 전까지는 침대 밖으로 나가지 않겠어. 그래도 꾸지 못한다면… 그냥 이대로 죽자.'

그는 잠에 빠졌다가 정신이 들기를 반복했다. 정신이 들었을 땐 일부러 눈을 뜨지 않았다. 그런 생활이 사흘간 이어졌다. 하지만 남자는 여전히 꿈을 꾸지 못했다. 그의 의식은 점차 희미해지기 시작했다. 눈을 떠도 불을 켜지 않아 방 안은 어두웠다. 깼는지 잠들었는지도 구분할 수 없는 상황이었다. 일주일이 흐르자 준비해둔 식료품이 다 떨어졌다. 그러나 남자는 여전히 꿈을 꾸지 못했다. 이제는 침대에서 몸을 일으킬 여력도 남아 있지 않았다. '결국 꿈을 못 꿨어… 난 정말 아무것도 못하는 인간이구나…' 남자는 죽음을 의식했다.

눈을 떴는지 감았는지조차 알 수 없게 됐을 때 그는 문득 이상한 사실을 깨달았다. 불을 켜지 않았는데도 주변이 밝게 느껴진 것이다. 침대 안에 있었는데 어느새 넓은 공터에 서 있는 자신을 발견했다.

'이게 어떻게 된 일이지?'

주변을 둘러보다가 그는 그곳이 초등학생 때 자주 놀던 공터라는 사실을 깨달았다. '학교를 마치면 다들 여기 모였지. 여기서 모두 함께 자전거를 타고 목적지에 갔어. 하지만 난 자전거를 못 타니 그저 그 모습을 지켜보기만 할 뿐. 그러다가 점차 공터에도 가지 않게 됐고.'

그런 생각을 하고 있을 때 남자는 자기 옆에 자전거가 세워져 있는 것을 알아챘다. 자전거 위에 올라타 페달에 오른발을 올리고 살며시 돌려봤다. 오른쪽 다리에 힘을 주고 페달을 밟는다. 왼쪽 다리도 페달 위에 얹고 밟는다. 자전거는 쓰러지지 않고 속도도 점차 빨라졌다. 그는 그대로 공터를 나가 등굣길로 향했다. 마치 하늘을 날 것 같은 기세로 자전거가 달린다. 목공소, 사진관, 우체국, 다다미 가게. 항상 보던 풍경이 엄청난 속도로 옆을 지나쳐 간다.

'뭐야, 자전거를 타는 게 이렇게 쉬웠다니.'

남자는 자연스레 미소 짓고 있었다.

눈을 뜬 남자는 침대에서 기어 나와 몸을 질질 끌며 화장실로 향한다. 수도꼭지를 비틀어 물을 벌컥벌컥 마신다.

'드디어 꿈을 꿨어.'

하지만 안심하는 것과 동시에 남자는 의식을 잃었다.

눈부시도록 밝은 빛을 느끼며 다시 실눈을 떴다. 매미 울음소리가 시끄럽다. 주위를 둘러보자 남자는 강가의 바윗돌 위에 서 있었다. 맨발이라 발바닥이 차갑다. 아래를 보니 깊고 푸른 강물이 펼쳐져 있다. 바위에서 수면까지 높이가 3미터 정도 될까.

'여긴 집 근처에 있던 강이야. 모두 이 바위에서 강물에 뛰어들었던 것 같은데.' 남자는 수영을 못했다. 수영을 할 줄 알았다고 해도 두려워서 뛰어들지 못할 것이다. 하지만… 지금은 수영과 다이빙 모두 간단한 일처럼 느껴졌다. 숨을 한껏 들이마시고 발밑에 있는 바위를 박차고 뛰어오른다. 풍덩!

화려한 물줄기를 뿜으며 남자의 몸이 물속에 가라앉았다. 조금 전까지 들리던 매미 울음소리가 사라지고 대신 부글부글하는 물소리가 귀 안쪽에서 울린다. 물에 뛰어든 남자를 보며 놀란 피라미 떼가 순식간에 뿔뿔이 흩어진다. 남자는 원을 그리듯 두 팔을 움직였다. 몸이 위로 쑥 올라간다. 물속에서 위를 보자 일그러진 형태의 노란 태양이 빛을 발산하고 있다. 예상보다 쉽게 얼굴이 물 밖으로 나갔다.

"푸아!"

입을 쩍 벌려 공기를 한껏 들이마신다. 그대로 팔다리를 움직여 얕은 물가로 향했다. 모래밭에 올라가자 몸이 천근만근

무거웠다. 커다란 바위 위에 올라가 태양을 올려다본다. 물속에서 본 것과 다른 이글거리는 태양이 남자의 몸을 뜨겁게 달궜다.

'뭐야. 수영도 다이빙도 다 쉽잖아….'

남자는 만족스럽게 미소 짓고 눈을 감는다.

그다음 눈을 떴을 때 환하게 빛나던 태양은 사라지고 없었다. 캄캄한 방 안.

'조금 전 그건… 꿈…?'

남자는 주먹을 쥐었다가 폈다. 물살을 가르던 감촉이 아직 남아 있다. 코에 물이 들어오는 기분 나쁜 경험을 한 것도 처음이었다. 남자는 누워 있는 바닥에서 천천히 몸을 일으켰다. 몸을 움직일 상태가 아니었다. 음식도 물도 거의 섭취하지 못했다. 그러나 온몸에는 기운이 충만해 있었다. 그것이 몸을 움직였다. 남자는 방 밖으로 나가지 않았다. 꿈을 꾸는 것이 즐거워서 밖에 나가고픈 마음이 들지 않았다.

'할 수 있어…. 꿈속에서라면 난 뭐든 할 수 있어….'

남자는 하루 종일 칠흑 같은 방 안에서 잠든 채 꿈을 꿨다. 시간 감각은 이미 사라지고 없었다. 지금이 아침인지 밤인지 알 수 없었지만 그런 건 아무래도 좋았다. 그전까지 꿈을 꾸

지 못한 반동 때문인지 한 번 꿈을 꾸기 시작하자 수많은 꿈을
꾸었다.

가장 자주 꾼 것은 어린 시절의 꿈이다. 꿈속에서 남자는
성적이 좋고 운동을 잘했다. 친구도 많았다. 남자의 원래 기억
이 점차 다른 기억으로 덧씌워졌다. '난 원래 뭐든 할 수 있었어.
사소한 착각 때문에 나 스스로 못한다고 믿어버린 거야. 아, 어
쩌면 아무것도 못하는 건 꿈속의 나 자신 아닐까…'

구멍가게에 가는 꿈도 꿨다. 방석에 앉은 할머니가 가게
안쪽에서 꾸벅꾸벅 졸고 있다. 다른 손님은 없다. 가게에 들어
간 남자는 초콜릿을 집어 들었다. 주머니에는 돈이 없다. 남자
는 어차피 꿈속이니 하나쯤 훔쳐도 괜찮지 않을까 생각했다. 초
콜릿을 주머니에 넣고 가게를 나가려 할 때 어느새 할머니가 뒤
에 서 있었다.

"돈은?"

손을 뻗는 할머니를 남자는 있는 힘껏 밀쳤다.

다른 꿈에서 남자는 학교에서 집으로 돌아가는 길이었
다. 가방이 등에 달라붙어 더웠다. 길을 둘러보니, 그곳은 2학년
때까지 자주 다니던 길이었다. 3학년이 되고 나서 다니지 않게
된 것은 길옆에 있는 집에서 큰 개를 기르기 시작해서다. 개는

남자를 보면 요란하게 짖었고 그 뒤로 남자는 무서워서 그 길로 다닐 수 없었다.

남자는 그 길을 계속 걸었다. 몇 미터 앞에서 남자를 알아본 큰 개가 짖기 시작했다. 쇠사슬에 묶여 있기는 하지만 쇠사슬을 끊을 기세로 남자를 향해 거칠게 짖었다. 남자는 두려워하지 않고 개에게 다가갔다. 그리고는 발밑에 있는 돌을 집어 들어 컹컹 짖는 개를 향해 있는 힘껏 던졌다.

켕! 개는 울음소리를 내며 꼬리를 축 늘어뜨렸다. 남자는 멈추지 않고 돌을 계속 던졌다. 퍽, 퍽. 잠시 후 짖는 소리가 멈췄다. 작게 몸을 웅크린 채 부르르 떠는 개. 남자는 발밑에 있는 쇠막대를 집어 들어 그것을 개의 머리를 향해 내려쳤다.

낑! 그것이 개의 마지막 울음소리였다.

남자는 눈을 떴다. 심장이 쿵쾅거리고 온몸이 땀에 흠뻑 젖었다. 손이 덜덜 떨린다. 혀로 손바닥을 핥는다. 쇠 맛이 입안에 퍼진다. 숨을 크게 들이마신다. 심장 소리가 조금씩 잦아든다.

'해냈어…. 내가 해낸 거야.'

어둠 속에서 남자의 얼굴에 미소가 떠올랐다. 현실에서는 못하는 것을 꿈속에서는 손쉽게 할 수 있다. 남자는 마치 다시 태어난 기분에 휩싸였다.

꿈속에서 남자는 여자를 만났다. 남자가 일방적으로 좋아하던 여자였다. '꿈속에서라면 이 여자와 결혼할 수 있어.' 남자는 자신만만하게 프러포즈를 했다. 그러나 여자의 대답은 '거절'이었다. 그것으로 모자라 여자는 남자를 기분 나빠하며 두 번 다시 자기 앞에 나타나지 말라고 했다. 남자는 믿을 수 없었다.

'꿈속에서는 뭐든 할 수 있는 것 아니었나. 내가 생각한 대로 다 되는 것 아니었어? 이런 일이 일어날 리 없어. 이상한 건 내가 아니라 이 여자야!'

어느새 남자의 손에는 커다란 칼이 들려 있었다. 남자는 그 칼을 여자를 향해 여러 번 휘둘렀다. 그러나 아무리 휘둘러도 여자는 무시하는 눈빛으로 남자를 바라볼 뿐 죽지 않았다.

남자는 그렇게 다시 눈을 떴다. 끈적한 땀이 온몸을 뒤덮었다. 아무리 심호흡을 해도 심장 소리가 잦아들지 않았다. 머리가 깨질 것처럼 아팠다. '이상해… 이상해. 그 여자는 왜 안 죽지? 이상해… 이건 이상하다고.'

두통이 점점 극심해졌다. 머리를 흔들며 통증을 없애려고 했지만 더욱 심해졌다. 그때 암흑 속이지만 부엌에서 빛나는 뭔가가 눈에 들어왔다. 커튼 틈으로 들어오는 빛을 받아 날카롭게 빛나는 부엌칼이었다. 남자는 천천히 몸을 일으켜서 부엌 쪽…

됐어. 그만해.

원통형 모니터가 사라지고 머더러가 말했다.

그 남자는 칼을 들고 여자가 있는 곳으로 갔겠지. 전개가 뻔해.
더 읽을 필요도 없어.

가차 없는 감상평이다. 그러나 나도 비슷하게 느끼고
있었다. 다른 인형들 역시 입을 열지 않는다. 아무래도 모두
머더러와 비슷하게 느낀 듯하다.

히어로

잠깐! 내 이야기는 아직 끝나지 않았어!

어차피 '이 남자가 실은 나였다.'라는 게 네가 말하려던 결말 아
니야? 반전이라고는 눈곱만큼도 없어서 다들 이미 눈치챘다고.

다른 사람들이 고개를 끄덕였다.
나는 히어로를 봤다. 그는 아무런 대답도 없다.

아쉬운 건 막상 죽음이 눈앞에 닥치자 자신의 허약함을 드러내면서까지 살아남으려고 했다는 거야. 왜 마지막까지 히어로답게 가지 않는 거지? 진짜 꼴불견이라니까.

히어로는 또 대답하지 않는다. 아니, 할 수 없을 것이다.

뭐 됐어. 넌 내가 가장 싫어하는 타입의 인간이야. 히어로가 되려면 엄격한 조건들을 충족해야 하는데 그중에서도 가장 중요한 조건이 '실천'이야. 누구나 마음만으로 히어로가 될 수 있다면 현실 세계는 아주 평화로웠을 거라고.

아이돌

왜 나쁘게만 보죠?

그때 아이돌이 머더러에게 반론했다.

아이돌

히어로가 되겠다는 마음가짐 하나로도 대단한 거 아닌가요?

마이너스 3과 마이너스 4를 비교해봐야 둘 다 마이너스인 건 똑같아. 단지 그뿐이야.

머더러는 딱 잘라 말했다.

내가 보기에 이 녀석은 그냥 히어로를 동경하는 소심하고 비겁한 인간일 뿐이야. 현실 세계에서 되지 못한 히어로인데 룸에서라고 될 수 있을 것 같아?

히어로는 대답하지 않는다.

이 안에 있는 사람 중 누가 머더러인지는 알 수 없다. 나는 히어로를 제외한 여섯 명을 둘러봤다. 이 중 히죽거리는 사람이 있다면 그 녀석이 머더러일 것이다. 그러나 아바타 인형 탈을 쓰고 있어서인지 표정까지 읽을 수는 없었다.

나는 손을 얼굴에 가져다 댔다. 고글 아래 입가를 만지자 아바타 속에 가려진 입꼬리가 올라가 있었다.

마지막으로 뭐 하고 싶은 말 없어?

히어로

> 모두들… 난 죽지만 너희들은 끝까지 희망을 버리지 마! 정의는 반드시 승리한다! 난 죽어도 히어로의 영혼은 죽지 않….

히어로의 말이 끝나기도 전에 사자 인형이 사라졌다.

> 정말 못 봐주겠군…. 이미 히어로가 아니란 게 밝혀진 주제에….
> 끝까지 볼썽사나운 녀석이었어.

머더러는 비위가 상한다는 듯 말했다.

> 자, 그럼 다음으로 기담을 들려줄 사람을 정하도록 할게.

히어로 따위는 처음부터 없었던 것처럼 말하는 머더러. 아무렇지 않은, 다정하기까지 한 그 말투에 화가 치밀었다. 사람을 죽이는 상황을 즐기는 머더러에게도 화가 나지만 가장 화가 치미는 것은 아무것도 못하는 나 자신이었다.

그때 채팅 모드로 누군가가 내게 말을 걸었다.

인형술사였다.

인형술사

네게 할 말이 있어.

평소와 다른 아주 진지한 말투였다.

세
번
째
기
담

"무대를 시작하기 전에 늘 인형을 조종하는 실이 잘 묶여 있는지 확인한다. 그
런데도 무대가 끝나면 항상 실이 풀려 있었다. 실이 풀렸는데도 인형은 움직
였다. 마치 스스로 의지를 지닌 것처럼."

뭐죠?

　　내 질문에 인형술사가 답하기도 전에 또 한 명이 채팅 모드에 참여했다. 아이돌이다.

인형술사

응? 뭐야, 너도 얘한테 볼일 있어?

아이돌

어머나? 인형술사 당신도 채팅 모드를 쓰고 있었어요?

인형술사와 아이돌. 우연히도 비슷한 타이밍에 채팅 모드로 내게 말을 걸어왔다. 이들은 대체 내게 무슨 볼일이 있는 걸까.

인형술사

난 끝까지 살아남고 싶어. 그러려면 머더러를 쓰러뜨려야만 해. 하지만 머더러가 누군지 아무도 모르는 상황이잖아. 그러니 네가 나설 차례야.

왜 내가 나설 차례라는 거지? 인형술사의 말이 납득이 되질 않았다.

인형술사

너는 추리력을 갖췄어.

추리력?

인형술사

처음에 사라진 소년이 머더러가 아닌지 의심했다는 그 추리는 비록 틀리기는 했어도 대단했어. 그래서 왠지 너라면 머더러의 정체를 밝혀낼 것 같아.

아이돌

저도 그렇게 생각해요. 그래서 당신 이야기를 더 들어보려고 채팅 모드로 말을 건 거예요.

인형술사에 이어 아이돌이 발언했다.

잠깐만, 내가 추리력이 있다고? 지금껏 그렇게 생각해본 적은 없는데.

너무 기대하지 마세요. 소년을 머더러라고 의심한 것도 필사적으로 머리를 굴린 결과였어요. 제게 남다른 추리력 같은 건 없어요.

인형술사

나도 그랬어. 나뿐만 아니라 다른 녀석들도 마찬가지였을 거야. 목숨이 걸렸으니까. 하지만 소년이 머더러가 아닐까 하는 발상까진 하지 못했어.

인형술사는 과하게 나를 띄워줬다.

인형술사

> 그래서 상의해보고 싶어. 나와 너, 아니 아이
> 돌도 포함해 셋이 힘을 합쳐서 머더러가 누
> 군지 밝혀내지 않을래?

인형술사가 제안하는 순간 갑자기 채팅 모드가 종료됐다.

뒤에서 수군거리다니, 그럼 쓰나.

우리가 둘러앉은 탁자 위에 머더러의 자막이 떴다. 우
리가 채팅 모드로 대화한 것을 알아챈 것이다. 머더러에게 채
팅 모드를 강제로 종료하는 권한도 있었나….

자, 그럼 다음으로 기담을 들려줄 사람은

또다시 룰렛이 나타날 거라고 예상했지만,

인형술사, 잘 부탁해.

머더러가 인형술사를 지목했다.

인형술사

> 잠깐! 어차피 언젠가 순서가 돌아올 테니 불만은 없지만, 그래도 내가 왜 다음이지?

이래 봬도 내가 한 소심하거든.

머더러가 인형술사의 질문에 대답했다.

사람들을 모아서 내 정체를 밝히려는 사람은 빨리 처리하고 싶어.

머더러는 채팅 모드로 나눈 대화 내용까지 파악하고 있었다. 머더러 앞에서는 숨길 수 없다….

이렇게까지 설명했으니 네가 왜 다음 차례인지 이해하겠지?

인형술사는 더 입을 열지 않았다.

그럼 다음 모임은 수요일 오후 5시. 직업 특성상 인형술사는 재미있는 이야기를 많이 알고 있을 것 같아. 기대할게.

그 말을 마지막으로 머더러의 발언이 끝났다. 남은 이들 중 누구도 먼저 룸을 나가려 하지 않았다.

인형술사

모두 협력해주지 않을래? 지금부터 머더러의 정체에 대해 다 같이 토의해보려고 하는데.

인형술사가 모두에게 말했다. 나는 원탁에 둘러앉은 이들을 바라봤다. 신문기자, 한량, 선생, 아이돌, 탐정.

반응하는 사람은 없었다. 물론 나도.

선생

쓸데없는 짓은 하지 않는 게 좋을 겁니다. 머더러는 지금 이 안에 있습니다. 이런 와중에 당신에게 협력하겠다고 하면 곧바로 죽을지도 몰라요.

한량

당신은 당장 다음에 죽을 수도 있으니 지금 머더러의 정체를 밝히고 싶겠지. 물론 나는 죽는 게 두렵지 않지만 그래도 제 발로 나서서 죽고 싶지는 않아.

탐정

냉정해지는 게 좋을 걸세. 우리가 논의해서 정답에 다가서더라도 머더러가 다른 쪽으로 우리를 유인할 수 있으니. 가장 무서운 건 머더러가 무고한 게스트를 범인으로 몰아세우는 상황이야.

탐정의 말에 다른 이들은 발언하지 않았다. 그러나 인형술사를 제외한 세 명도 같은 생각을 하고 있을 것이다.

인형술사

알겠어. 그럼 수요일까지 내 나름대로 궁리해볼게. 기담이 아니라 머더러의 정체를. 꼭 밝혀내고야 말겠어!

인형술사가 몸을 일으키더니 문을 열고 나갔다.

순식간에 수요일이 찾아왔다. 나도 나름대로 궁리해봤지만 아무것도 알아낼 수 없었다. 룸에 가보면 누군가 해답을 찾았을 수도 있지 않을까. 그런 기대를 품고 룸에 들어갔지만, 눈에 들어온 것은 고개를 푹 숙인 아바타 인형 무리뿐이었다.

혹시 탐정이라면…. 그러나 탐정도 다른 아바타들과 똑같았다. 꼼짝 않고 의자에 가만히 앉아 있는 걸 보니.

마지막으로 룸에 들어온 것은 인형술사였다.

인형술사

뭐야, 뭐야. 왜 이리 조용해? 꼭 장례식장 같잖아.

자막으로 본 것이긴 하지만 인형술사의 말투가 어딘지 모르게 활기차다. 혹시 그는 머더러가 누군지 알아낸 걸까? 기대하며 그의 다음 발언을 기다렸지만 인형술사는 말없이 의자에 앉았다.

인형술사

다 모인 것 같군. 그건 곧 이 안에 머더러도 있다는 뜻이겠지. 자, 그럼 시작해볼까.

그가 대뜸 이야기를 시작하려고 한다. 자포자기한 걸까? 아니, 그렇게 생각하는 것은 너무 이를지도 모른다. 어쩌면 기담부터 들려주고 난 다음에 다른 계획이 있을 수도 있다.

인형술사

이건 내가 직접 겪은 이야기야.

나는 기대를 품고 모니터에 뜬 글자를 읽었다.

　하루는 유치원에서 인형극을 공연해달라는 의뢰가 들어왔다. 나는 기본적으로 혼자 인형극을 한다. 그러면 조종하는 인형은 많아 봐야 열 개다. 혼자서 인형을 열 개나 조종하느냐고? 그렇다. 손가락 인형이라면 손가락 열 군데에 끼워서 움직이면 되니까.

　인형극에 쓰는 인형은 종류가 다양하다. 가장 잘 알려진 것은 실을 움직여 조종하는 마리오네트가 아닐까? 그 밖에 인형에 달린 봉을 움직여 조종하는 인형과 인형을 뒤에서 안고 조종하는 인형도 있다. 유치원에서 공연하는 데 어떤 인형이 좋을지 고민하다가 나는 마리오네트인 '팡'을 가방에 넣었다. 팡은 키가 60센티미터 남짓한 마리오네트 인형이다. 다섯 살 여자아이 인형이라 유치원 아이들도 친근하게 느끼지 않을까 생각했다.

　유치원에서 의뢰한 교통안전 인형극을 하기 위해 레크리에이션 룸에 책상을 배치하고 그 위에 무대를 세팅했다. 그렇게 하고 나면 이 무대 위에서 마리오네트를 조종하는 것이다.

　마리오네트를 조종해본 적 있나?

두 손에 실이 달린 조작판을 드는데 내가 가진 인형은 오른손과 왼손이 조종하는 실의 개수가 다르다. 오른손은 두 개, 왼손은 일곱 개. 오른손 두 개는 마리오네트의 팔을 움직일 때 쓴다. 그날 나는 무대에서 팡이 집에서 유치원에 가는 모습을 연출해 아이들에게 보여줬다.

"걸을 때는 오른쪽 길로 다녀요."

"친구들과 장난치며 차도 쪽으로 달려가면 안 돼요."

"길을 건널 때는 오른쪽과 왼쪽을 잘 살피며 차가 오지 않는지 확인하고 나서 건너야 해요."

팡을 조종하면서 그런 메시지를 아이들에게 전달한 것이다.

기이한 일이 일어난 것은 팡이 건널목을 건널 때였다.

난 오른손 조작판을 움직여 팡의 팔을 들어 올렸다.

"손을 높이 들면 차 안에서도 잘 보이겠죠?"

나는 아이들 쪽을 보며 물었다.

어디가 기이하냐고?

집에 돌아가고서야 깨달았지만 팡의 팔과 조작판을 잇는 실이 풀려 있었다. 조작판을 움직여도 팡의 팔이 올라갈 수 없었던 상태였다. 순간 섬뜩해졌다.

'어떻게 실이 풀렸는데도 팡이 손을 들었지?'

아무리 생각해도 불가능했고 뭐가 뭔지 알 수 없었다. 그리고 그런 일은 이후에도 여러 번 일어났다. 내가 인형을 잘못 관리한 것은 아니다. 무대를 시작하기 전에 늘 인형이 확실히 움직이는지 꼼꼼히 확인하니까. 그런데도 무대가 끝나면 실이 풀려 있는 것이었다. 실이 풀렸는데도 인형은 움직였다. 마치 스스로 의지를 지닌 것처럼….

나는 점점 더 두려워졌다. 그래도 무대에서 팡을 계속 사용했다. 여기서 도망치면 인형술사로서 패배하는 것 같았다. 실을 튼튼한 것으로 교체했다. 그리고 실이 절대 풀리지 않도록 꼭 조였다.

'이제 두 번 다시 인형이 멋대로 움직일 리는 없어.'

나는 승리한 듯 팡을 봤다. 하지만 팡은 '바보. 이런 짓을 해서 괜찮겠어?' 하는 표정으로 나를 보고 있었다.

인형에게도 특유의 자기 표정이 있다고들 한다. 그러나 그것은 착각이다. 만약 인형의 표정이 슬퍼 보인다면, 그건 인형을 보는 사람이 슬프기 때문이다. 그런 의미에서 인형은 보는 이의 감정을 비춰주는 거울이라 할 수 있다.

이야기를 되돌리자면, 팡은 그때 나를 걱정하는 듯한 표정을 짓고 있었다. 영문을 알 수 없었지만 나는 다시 한번 실이 풀리지 않았는지 확인했다.

얼마 후 다른 유치원에서 또다시 교통안전 인형극을 의뢰받았다. 나는 조금 망설였지만, 팡을 가방에 넣고 집을 나섰다. 유치원에서 교통안전 공연을 하면서 팡을 움직였다. 아이들은 집중해서 인형극을 관람했다. 처음에는 긴장했지만 팡이 내 생각대로 움직여서 긴장이 조금씩 풀렸다. 그러다가 나도 모르게 방심하고 말았다.

"길을 건널 때는 오른쪽과 왼쪽을 잘 살피며 차가 오지 않는지 확인하고 나서 건너야 해요."

'이런, 손을 들어야 한다는 말을 빼먹었잖아!'라고 생각했을 때는 이미 늦었다. 팡을 조종해서 건널목을 건너고 있었기 때문이다.

그런데….

그때 팡이 오른손을 확실히 들고 있었다. 내가 움직인 것도 아닌데.

"이렇게 손을 높이 치켜들면 차 안에서 잘 보이니까요."

더욱 놀라운 것은, 내 입이 멋대로 그런 말을 지껄이고 있었다는 거다. 그 뒤로 일어난 일은 잘 기억나지 않는다. 집에 돌아갔을 때 그날 공연료가 손에 쥐어져 있었으니 무대는 끝마쳤을 것이다. 나는 책상 위에 팡을 앉혀놓고 진지하게 물었다.

"팡, 넌 살아 있어?"

당연하게도 팡은 대답하지 않았다. 인형에게 이토록 진지하게 말을 걸다니, 이런 바보 같은 일이 또 있을까 생각했다.

'다 기분 탓일 거야. 교통안전 인형극을 지금까지 여러 번 해왔으니 무의식중에 팡을 조종하고 대사를 입에 담았겠지.'

그렇게 결론 내리고 잠자리에 들었다.

다음 날에는 일이 없어서 거리로 나갔다. 하도 바쁘게 움직이다 보니 인형이 살아 있다는 말도 안 되는 생각에 사로잡혀 버린 게 아닐까. 산책이라도 하면서 기분 전환을 하려고 했다. 나는 마음을 가다듬고 사뿐사뿐 춤추듯이 걸었다. 주머니에 손을 집어넣고 휘파람을 불었다. 마치 뮤지컬 영화 속 주인공이 된 것 같았다. 도로를 건너자 나를 바라보던 남자아이가 옆에 있는 엄마에게 말을 거는 소리가 들렸다.

"저 아저씨 되게 멋지다. 손을 번쩍 들고 건너고 있어."

응?

나는 천천히 고개를 돌렸다.

주머니에 넣어둔 오른손이 하늘을 향해 뻗어 있었다. 그대로 잠시 몸을 움직일 수 없었다. 팔에서 힘을 빼도 오른손은 그대로 위를 향해 있었다.

'손이 어떻게 위로 올라갔지…?'

그렇게 생각한 순간 오른손이 아래로 툭 떨어졌다. 팽팽한 실이 끊어진 것처럼.

나는 갓길에 주저앉아 숨을 골랐다. 심장이 믿을 수 없을 만큼 빠르게 뛰고 있었다.

'어떻게 팔이 올라갔지? 대체 내 몸에서 무슨 일이 벌어지고 있는 거야?'

아무리 생각해도 답은 나오지 않았다. 아니, 나왔지만 믿고 싶지 않았다. 심지어 나는 더 무시무시한 사실을 깨닫고 말았다.

'아까 난 사뿐사뿐 춤추듯이 거리를 걸었어.'

나는 리듬감이 없어서 지금껏 춤 같은 것을 춰본 적이 없다. 그것도 모자라 휘파람까지….

주변을 한 번 둘러보고 다시 휘파람을 불어보고자 했다.

퓨우.

입에서는 힘 빠진 숨소리만 나왔다. 어릴 때부터 아무리 연습해도 휘파람을 불지 못했다. 그런데 아까는 어떻게 불 수 있었지?

나는 벌떡 일어나 부리나케 집으로 달려갔다. 언제 다시 내 뜻대로 몸을 못 움직일지 모른다는 공포가 엄습했다.

'내가 내 몸을 움직일 수 있을 때 집에 가야 해!'

휘청거리는 다리를 필사적으로 움직여 뛰었다.

집 안에 들어가자 팡은 그대로 책상 위에 앉아 있었다. 가슴을 쓸어내렸다. 팡이 몸을 움직여 내게 무슨 짓을 하는 게 아닐까 걱정했기 때문이다.

그런데….

팡 옆에 웬 메모가 놓여 있었다.

우두커니 서서 얼마나 오랫동안 메모를 바라보고 있었을까. 정신을 차려보니 나는 팡을 산산조각 내고 있었다. 팔다리에 달린 실을 잡아떼고 머리와 팔을 분리해 벽에 집어 던졌다. 마음을 가라앉힌 다음 다시 한번 메모를 확인했다.

떨리는 글자, 가는 글씨체.

실을 꼭 묶어두면 나도
널 조종할 수 있다는 걸 몰랐어?

몇십 킬로그램이나 되는 무거운 펜을 들고 쓴 듯 필사적으로 써 내려간 듯한 문장. 팡이 이걸 썼다. 조종하는 사람이 없는데도 마리오네트인 팡이 이걸 썼다….

난 메모를 갈가리 찢어 바닥에 내던졌다. 그리고 천장을 올려다봤다. 나를 조종하는 **무언가**가 숨어서 나를 가만히 관찰하는 듯해서다. 욕실에 들어가 온몸을 박박 씻었다. 눈에 보이지 않는 실을 떼어내는 것처럼.

"나도 널 조종할 수 있다."

메모에 적힌 문장이 머릿속에서 떠나지 않았다. 집을 청소하며 인형 중에 실로 조종하는 인형은 모조리 갖다 버렸다.

그 뒤로도 얼마 동안은 몸이 왠지 허공을 떠다니는 느낌이 들었다. 길을 걸을 때도 '이 다리를 움직이는 게 내 의지가 맞을까? 아니면 누군가가 실을 조종해서 내 다리를 움직이는 게 아닐까?' 하고 의심했다. 그런 의심은 요즘에 들어서야 간신히 잦아들었다.

그래도 가끔은 떠오른다. 그때 팡은 대체 어떻게 움직였을까? 그 메모는 정말로 팡이 썼을까? 조금 더 깊이 생각해본다. 이런 경험을 한 것은 내가 인형술사여서일까? 아니, 사실은 다들 경험하는데도 인형과 관련 없는 삶을 살아서 눈치채지 못하는 걸까…?

섬뜩했다. 어쩌면 우리는 모두 누군가에게 조종당하고 있는 게 아닐까? 이를테면 전쟁 같은 거. 우리는 하나같이 평화를 바란다. 그런데도 늘 어디선가 전쟁이 일어난다. 우리를 조종하는 녀석들이 '이봐. 이제 슬슬 이 녀석들을 싸움 붙여야 하지 않겠어?'라고 생각해 게임하듯이 전쟁을 일으키는 것이 아닐까. 그러다가 우리를 조종하는 녀석들이 질려버린 나머지 실을 끊어버릴 때 이 세상은 멸망하는 게 아닐까. 제법 흥미로운 발상이라고 생각했다.

여기까지 떠올렸을 때 갑자기 선반에 놓아둔 인형이 바닥에 툭 떨어졌다. 그저 우연이겠지만 내게는 '쓸데없는 생각은 거기까지 해라.'라는 경고처럼 느껴졌다.

인형술사의 기담이 끝났다.

그러나 그 뒤로도 인형술사는 이야기를 이어갔다.

인형술사

이 경험을 하면서 나는 머더러의 동기를 떠올려봤어. 그리고 한 가지 결론을 얻었지.

역시 인형술사는 뭔가 계획이 있었다.

인형술사

> 궁금해?

그래. 꼭 듣고 싶어.

불쑥 머더러가 대꾸했다. 인형술사의 이야기에 관심을 보이고 있다.

인형술사

> 그럼 설명해주지. 다만 조건이 있어.

조건? 뭐지?

인형술사

> 내가 내린 결론이 맞으면 우리 모두를 살려줘.

인형술사가 깜짝 놀랄 만한 제안을 했다.

인형술사

어때? 약속할 수 있겠어?

그래, 약속하지. 그 결론이 정말로 맞는다면 모두를 살려줄게.

머더러가 제안을 받아들였다.

인형술사

약속 지켜야 해.

그렇게 못을 박고 인형술사가 다시 말을 잇는다.

인형술사

우선 떠올린 건 머더러의 목적이야. 기담이 재미없으면 죽인다. 이건 뭔가 이상하지 않아? 정말로 재미있는 기담을 듣고 싶다면 죽이는 것보다 재미있는 기담을 들려줄 때까지 이야기를 여러 번 듣는 게 낫겠지. 그렇지 않아?

들고 보니 그 말이 맞는다. 죽어버리면 그에게서 더는 기담을 들을 수 없다.

인형술사

머더러의 목적은 기담을 듣는 것이 아니라 처음부터 우리를 죽이는 거였어.

인형술사의 이야기를 듣고 나는 목덜미에 칼날이 닿은 듯이 섬뜩해졌다.

인형술사

그럼 머더러는 왜 우리를 죽이려는 걸까? 우리를 죽여서 어떤 이익을 얻을까? 우리는 모두 살해될 만한 어떤 이유가 있나? 하지만 그러기에 우리는 모두 직업과 나이, 성별이 제각각이야. 공통점이라고는 없지. 현실 세계에서 접점은? 그 또한 알 수 없어. 적어도 난 여기 있는 게스트들을 현실 세계에서 만나본 적이 없으니까.

그건 나도 마찬가지다.

인형술사가 말을 잇는다.

인형술사

그래서 난 생각을 바꿨어. 머더러가 죽이고 싶어 하는 건 우리 중 한 사람이라고. 하지만 그 한 명만 죽이면 동기를 추적하게 될 거고 머더러의 정체가 밝혀지고 말 거야.

인형술사

그래서 머더러는 지금 아무 상관도 없는 게스트들까지 죽이겠다고 하는 거야.

그런 말도 안 되는… 정말로 한 사람을 죽이려고 아무 상관도 없는 사람 여러 명을 죽인다는 거야?

인형술사

머더러가 그 사람을 죽이려는 동기는 아마도 머더러의 비밀을 그 녀석이 깨달았기 때문이 아닐까?

인형술사는 잠시 머더러의 반응을 기다렸다. 그러나 머더러는 아무 대답이 없다. 인형술사는 결국 참지 못하고 다시 물었다.

인형술사

어때? 내 결론이 정답이라면 약속대로 우리 모두를 풀어줘.

그러자 머더러가 다시 등장했다.

아아, 미안. 너무 황당무계한 결론이라 깜빡 졸았네.

충격이었다.

인형술사의 결론이 틀렸다는 걸까….

아쉽지만 그런 이유로 모두를 살려주는 건 어려울 것 같아.

인형술사

정말이야? 진짜로 내가 틀렸다고?

인형술사는 물러서지 않았다. 하지만.

✕

탁자 위에 있던 모니터에는 머더러가 적은 커다란 X자
만이 표시될 뿐이었다.

그리고 네가 들려준 그 기담 말인데, 실은 제법 흥미롭게 읽었
어. 이야기를 마치고 내 동기를 밝히겠다는 둥 쓸데없는 말만 안
했어도 좋았을 텐데. 그게 커다란 감점 요인이 돼버렸지 뭐야.
다 된 밥에 코 빠뜨린 느낌이랄까? 아주 불쾌해.

머더러가 화가 난 것 같다.

> 자, 그럼 안녕. 인형술사.

　인형술사는 아무 말도 하지 않았다. 마치 실수를 저질 렀다고 스스로 인정하는 것처럼 보였다. 그렇게 너구리 인형 은 사라졌다. 인형술사는… 살해됐다.

　그러나 머더러는 조금도 신경 쓰지 않는다. 그는 탁자 위에 룰렛을 띄우고 다시 발언했다.

> 자, 다음으로 이야기를 들려줄 사람을 정할게.

　룰렛을 보니 덮개가 닫히지 않은 구멍이 총 여섯 개로 줄었다. 기린, 치타, 흑표범, 코끼리, 늑대, 북극곰…. 열 명이었 던 게스트가 여섯 명으로 줄었다.

　룰렛이 돌아간다.

> 구슬 투입!

　금색 구슬이 회전하는 룰렛 위에 던져졌다. 그리고 공 이 떨어진 곳은…

축하해! 다음 차례는 신문기자야!

우리는 일제히 신문기자 쪽을 바라봤다.

신문기자라면 다양한 사건을 취재했을 테니 재미있는 기담도
알고 있겠지. 기대할게. 그럼 다음 모임은 모레인 금요일로 하
지. 괜찮겠어?

머더러의 질문에 신문기자가 대답했다.

신문기자

내일 당장이라도 상관없어.

아니, 내일은 목요일이니 안 돼. 일찍 이야기를 들려주고 싶은
마음은 알겠는데 금요일 오후 5시에 모이자고.

나는 신문기자를 이해할 수 없었다. 죽을지도 모르는
상황에서 순서가 일찍 찾아오기를 기다린다고…?

우리는 신문기자가 어떤 말을 꺼낼지 가만히 기다렸다.

신문기자

하루라도 빨리 이야기를 들려주고 싶은 마음을 이해 못 하는 거야?

인형이라 표정이 없는데도 마치 미소를 짓는 것처럼 보였다.

신문기자

실은 내 순서가 오기만을 줄곧 기다리고 있었어. 얼른 이야기를 들려주고 싶어서. 하지만 내 입으로 순서를 일찍 앞당겨달라고 하기는 두렵더군.

희한한 일이다…. 치타 인형의 모습에서 실제 신문기자의 마음이 느껴지다니.

신문기자

그럼 난 기담을 준비해야 하니 먼저 실례할게.

신문기자가 룸을 나갔다.

네 번째 기담

"제가 살고 있는 아파트 아래층에는 한 젊은 부부가 삽니다. 단지에서 마주치면 몇 번 인사도 나눴죠. 하루는 유모차를 끌고 가길래 좋은 일이 있나 싶었습니다. 아내의 배가 부르진 않았지만, 그러려니 하고 넘겼는데, 그다음 유모차를 끄는 부부를 만났을 때 그만 소름이 쫙 끼치더군요. 그 유모차 안에는 아이 대신…"

신문기자는 왜 자기 차례가 일찍 찾아오기를 바랐을까.

그를 이해하기는 어렵다. 인간은 모두 죽기를 두려워하니까. 그야 물론 재미있는 기담을 들려주면 목숨을 구할 수 있다고 하지만 재미있는지 없는지를 정하는 사람은 머더러다.

지금까지의 분위기로 보면 살해될 가능성이 더 큰 것 같은데, 신문기자는 그런 태도를 보였다. 설마 그는 이미 살기를 포기한 걸까? 나는 그의 마음을 정확히 알고 싶었다. 머더러의 정체를 추리하는 일도 잊고 금요일 오후 5시가 오기만을 기다렸다.

하지만 룸에 들어갔을 때 안에 있었던 사람은 탐정뿐이었다. 이후 모든 이가 들어왔고 마지막으로 의자에 앉은 사람이 신문기자였다. 그가 무슨 말을 할지 기다렸지만 입을 열지 않았다. 그러는 동안 원통형 모니터가 나타났고, 그가 써 내려간 기담이 모니터에 뜨기 시작했다.

———————————

저는 아파트에 살고 있습니다. 이건 우리 집 아래층에 살던 젊은 부부의 이야기입니다. 남편은 나이가 서른 살 남짓, 아내는 스물다섯 살 남짓한 부부였습니다. 우리는 만나면 서로 인사를 나누는 정도의 사이였습니다. 이따금 부부가 손을 맞잡고 외출하는 모습이 참 보기 좋더군요. 부부에게 아이는 없었습니다. 아이를 기르기에는 좁은 아파트였으니까요.

그러던 어느 날, 저는 부부의 집 앞에 유모차가 세워져 있는 것을 봤습니다.

'아, 아이가 생겼나보군. 이제 곧 이사하겠네.'

그렇게 생각할 때 마침 두 사람이 제 앞에 나타났습니다.

'유모차가 있는 걸 보니 경사겠죠?'라고 물으려다가 저는 다시 말을 삼켰습니다. 아내의 배가 전혀 불러 보이지 않았기 때문입니다. 그리고 왠지 분위기가 물어보면 안 될 것만 같았습니다. 그날은 가볍게 고개를 숙이고 부부와 헤어졌습니다.

'두 사람은 아이가 생기지 않아서 슬펐던 걸까? 그 슬픔을 유모차를 사는 것으로 이겨내려 한 걸까? 아니면 아이가 생겨서 유모차를 샀는데, 불행히도 유산을 한 걸까?'

　　저는 그렇게 추측했습니다. 물론 결혼도 하지 않은 제가 멋대로 상상한 것이지만요. 어쨌거나 그 사건 이후 저는 그 부부와 별로 얼굴을 마주하고 싶지 않았습니다.

　　그런데도 또다시 다음 날 아파트 앞에서 부부를 만나고 말았습니다. 아니… 단순히 만났을 뿐이라면 가볍게 인사하고 지나치면 될 일이었습니다. 그러나 저는 그 자리에 얼어붙고 말았습니다.

　　부부가 유모차를 밀며 걷고 있었기 때문입니다. 심지어 자세히 보니 유모차 안에는 갓난아기 인형이 있었습니다. 대단히 정교한 인형이었습니다. 주의 깊게 보지 않으면 모를 만큼 감쪽같더군요.

　　겨드랑이에서 식은땀이 배어나왔습니다. 당황한 티가 나지 않게 조심하며 부부에게 인사했습니다. 그러자 부부도 제게 똑같이 인사로 화답하더군요. 저는 최대한 유모차 쪽을 보지 않으려고 주의하며 멀어져가는 부부를 지켜봤습니다. 두 사람은 그렇게 천천히 유모차를 밀며 사라졌습니다.

그날 이후에도 몇 번인가 부부를 만났습니다. 부부는 그때마다 아기 인형을 태운 유모차를 밀고 있었습니다. 유모차에 인형을 실은 채 산책하는 부부라니. 그 모습을 볼 때마다 저는 말로 표현할 수 없을 정도로 오싹했습니다.

저는 그런 부부에 대해 조사하고 싶어졌습니다. 직업 관계상 그런 건 잘하니까요. 우선 부부에게 정말로 아이가 있는가, 없는가를 확인하고 싶었습니다. 아래층에서 갓난아기 울음소리가 들린 적은 없었습니다. 그러니 갓난아기는 없는 것 같습니다.

부부는 어린이집 입학 안내서를 신청하거나 아이 옷 등을 사기도 했습니다. 부부가 어떤 일을 하는지는 모릅니다. 다만 직장이 같은지 두 사람은 늘 함께 아파트를 나갔습니다. 출근 시간이 따로 정해져 있지 않은 듯했습니다. 그들은 오후에 출근해 아침 일찍 돌아오기도 했습니다. 그리고 그때도 반드시 인형을 태운 유모차를 밀면서 왔습니다.

어느 날에는 부부가 헌책을 쓰레기장에 버리고 있었습니다. 그들이 어떤 책을 읽는지 궁금해져서 저는 끈에 묶인 책을 집에 가져와 확인해봤습니다. 대부분은 제가 이해하기 어려운 공학 관련 전문서더군요. 하지만 그중 몇 권이 제 눈길을 사로잡았습니다. 그것은 최면술과 흑마술 전문 서적, 범죄 실화 모음집이었습니다.

'희한한 책을 읽는구나.'

궁금한 마음에 흑마술 책을 펼쳐봤습니다. 그 안에는 다양한 마술 내용이 담겨 있었는데, 그중 한 가지 내용을 보고 깜짝 놀란 저는 하마터면 책을 떨어뜨릴 뻔했습니다. '인형을 살아 있는 아이로 바꾸는 마술'이라고 적혀 있었던 것입니다. 저는 집중해서 책을 읽기 시작했습니다.

무슨 말인지 모를 주문이 기이한 글씨로 적혀 있었습니다. 그 아래에는 어떻게 읽어야 하는지 일본어로 음이 적혀 있었고요. 평소의 저라면 아마 말도 안 되는 소리라며 코웃음을 치고 책을 덮었을 겁니다.

하지만….

마술에는 이런 해설이 적혀 있었습니다.

하루에 세 번 주문을 외운다. 그리고 1년간 인형을 진짜 아이처럼 대한다. 그러다 보면 인형에 생명이 깃들 것이다.

몸이 부르르 떨렸습니다. 흑마술도 무서웠지만 더 섬뜩했던 것은 이것을 곧이곧대로 믿고 실천하는 부부였습니다.

저는 책을 원래대로 묶고 다시 쓰레기장에 가져다 놓았습니다. 그리고 그날 이후 최대한 부부와 마주치지 않도록 주의

했습니다. 밖에서 걷고 있을 때 부부가 유모차를 밀며 다가오면 넌지시 다른 길로 향했습니다. 등 뒤에서 유모차 소리가 들리면 종종걸음으로 멀어지려고 했습니다.

그렇게 1년이 지날 무렵이었습니다.

어느 날 저희 집 초인종이 울렸습니다. 문을 열자 눈앞에 부부가 서 있었습니다. 아내는 두 살 정도 돼 보이는 여자아이의 손을 잡고 있었습니다.

"무슨 일이시죠…?"

떨리는 마음을 꾹 참고 그렇게 물었습니다.

"아, 저희가 전근을 가게 돼서 마지막 인사를 드리려고 찾아뵈었습니다."

남편이 그렇게 말하자, 옆에서 아내가 고개를 끄덕였습니다.

"전근 말인가요?"

제가 되묻자 그는 이렇게 대답했습니다.

"네. 연수를 마쳐서요. 실은 저희는 신제품을 개발하는 연구원들입니다."

연구원…. 그들의 출근 시간이 불규칙했던 이유를 그제야 깨달았습니다.

"어떤 제품을 개발하시죠?"

"요즘은 신형 유모차를 개발하는 중입니다."

남편은 자신의 전문 분야 이야기가 반갑다는 듯이 설명 했습니다.

"데이터를 수집하려면 시간이 걸려요. 성인은 몸이 크니 유모차에 태울 수 없고요. 그래서 유모차 안에 기록 장치가 달린 인형을 싣고 다녔습니다. 도로에 있는 턱이나 경사로에서 유모차에 실리는 힘이 어떤 식으로 바뀌는지, 그리고 그 변화를 아이들은 어떻게 느끼는지와 같은 그런 데이터들이 필요했습니다."

"…"

"그 밖에도 지상 70센티미터 대기의 오염도, 계절에 따른 적외선량의 변화 같은 데이터도 필요했고요. 기록을 수집하는 데 1년이 넘게 걸렸지만 어쨌거나 그 덕에 저희는 간신히 신제품을 완성할 수 있었습니다."

남편의 이야기를 듣는 동안 떨림이 조금씩 잦아들었습니다.

"그래서 인형을 유모차에 태우고 다니셨군요?"

"네. 이상해 보였죠? 일이라 어쩔 수 없었습니다."

부부가 나란히 머리를 긁적였습니다.

마지막으로 그들과 헤어질 때 문득 궁금해져서 다시 물었습니다.

"저… 이 여자아이는?"

"아, 우연히 오늘 집에 놀러 온 조카예요."

아내가 대답했습니다.

여자아이가 고개를 돌려 저에게 손을 흔들었습니다.

"아저씨, 안녕!"

저도 웃는 얼굴로 손을 흔들어줬습니다.

신문기자의 기담이 끝났다.

신문기자

> 재미없는 이야기지?

신문기자가 말했다.

스스로 재미없다고 하다니… 이상했다.

그걸로 끝이야?

신문기자

> 그래, 끝이야.

나는 신문기자가 거짓말을 한다고 생각했다. 아직 이야기하지 않은 뭔가가 더 있을 것 같았다. 머더러도 비슷한 생각을 하는 것 같다.

하고 싶은 말을 끝까지 하는 게 좋을 것 같은데?

신문기자

> 아니, 더는 할 말 없어.

신문기자와 머더러의 대화를 보며 뭔가 앞으로 전개가 재미있어질 것 같았다. 머더러는 지금 신문기자의 이야기를 더 듣고 싶어 한다. 관심을 보이고 있다. 그 말은 신문기자의 기담이 재미있었다는 뜻이다. 이건… 희망적이다.

두근거리는 마음으로 머더러가 어떻게 반응할지를 기다리고 있는데, 불쑥 다른 사람이 입을 열었다.

탐정

내가 한번 추리해볼까.

탐정이다. 탐정이 의자에서 몸을 일으켜 원탁 쪽으로 걸어갔다.

탐정

신문기자의 이야기는 재미있었네.

탐정이 걸으면서 발언한다.

탐정

인형을 유모차에 태우고 다니는 섬뜩한 부부의 행동이 실은 신형 유모차의 실험 데이터를 수집하기 위한 것이었다. 그리고 흑마술로 인형에서 인간이 됐다고 생각한 여자아이는 사실 조카였다. 이거야말로 흥미로운 이야기 아니겠나!

탐정은 신문기자가 앉은 의자 뒤에 멈춰 서서 그의 두 어깨에 손을 얹었다.

탐정

하지만 나는 자네가 이야기하지 않은 게 뭔지 알고 있네. 지금부터 그걸 들려주지.

신문기자는 꼼짝하지 않는다. 탐정은 그것을 말해도 좋다는 긍정의 뜻으로 받아들였는지 말을 잇는다.

탐정

기담으로 들으면 부족할 것 없는 이야기일세. 단 하나를 제외하면.

하나?

탐정

자네는 부부가 어린이집 입학 안내서를 신청했다고 했지. 그건 왜 그랬을까?

앗!

탐정

조카라고? 그럼 이상하지. 부부가 입학 안내서를 신청한 건 그보다 훨씬 전일 텐데. 거기다가 조카는 하필이면 '우연히 오늘 집에 놀러 왔다.'라고 했네. 이상하지 않나?

탐정의 질문에 신문기자는 대답하지 않았다. 잠시 침묵이 흐르다가 탐정이 다시 말을 잇는다.

탐정

나는 지금껏 수많은 사건을 접했네. 그중 범죄 실화집에 실린 사건 하나를 소개하도록 하지.

그의 말을 듣고 신문기자가 탐정을 바라봤다. 탐정은 신경 쓰지 않고 말을 잇는다.

탐정

어느 나이 많은 부부가 아이를 원해서 일으킨 유괴 사건이었네. 다만 평범한 유괴 사건과 다른 점이 있었지. 부부가 유괴한 아이에게 최면을 걸어서 자신들을 친부모로 알게 했다는 점이야.

순간 신문기자의 아바타인 치타 인형이 몸을 부르르 떠는 것처럼 보였다.

탐정

자네 아파트에 살던 부부도 이 사건을 참고하지 않았을까?

신문기자는 대답하지 않았다.

탐정

그리고 또 하나. 이건 범죄 실화집에도 실리지 않은 최근 사건일세. 유괴된 아이가 살해된 아주 끔찍한 사건인데….

탐정의 발언을 듣고 나는 불길한 예감에 휩싸였다.

탐정

어느 부부가 유괴한 아이에게 최면을 걸어자신들을 친부모로 알게 했지. 하지만 그 부부는 경찰의 수사망이 좁혀오는 것을 깨닫고 아이와 동반 자살을 했어.

탐정

부부와 아이 모두 죽은 얼굴이 대단히 평온해 보였다더군. 부부는 동정할 수 없겠지. 짧은 시간이기는 해도 그들은 염원하던 아이를 가졌으니. 하지만 아이는 어떨까?

상상해봤다. 해답을 찾기도 전에 탐정이 말했다.

탐정

아무것도 모르고 죽었으니 행복할 것이다? 그렇게 생각하는 건 무리겠지. 최면술로 거짓 기억이 심어진 채 살해된 거니까. 이보다 더 큰 불행이 있을까?

신문기자

나도… 그 뉴스를 본 적이 있어. 사망한 아이 사진을 보고 곧장 그 아이라는 걸 깨달았지.

신문기자는 겨우 쥐어짜듯 말했다.

탐정이 계속해서 설명했다.

탐정

사건을 알게 된 자네는 아이가 유괴된 것을 미처 깨닫지 못한 자기 자신을 원망했을 거네. 그러면서 죽음을 바랐을 테지. 하지만 두려운 나머지 스스로 목숨을 끊지는 못했을 테고. 기담 룸에 들어온 건 고통 없이 죽을 방법에 대한 힌트를 얻고 싶었던 거겠지. 그때 자네 앞에 머더러가 나타난 거고.

신문기자는 꼼짝 않고 말없이 이야기를 들었다. 꼭 혼이 빠져나간 사람처럼.

탐정

> 자네는 지금 머더러의 손에 죽기를 바라고 있네.

탐정의 추리를 듣고서야 신문기자가 자기 차례가 일찍 오기를 바란 이유를 알게 됐다. 그와 동시에 룸 안에서 신문기자의 아바타인 치타 인형이 사라졌다.

실망이야.

머더러의 자막을 보니 요란한 한숨 소리가 귀에 들리는 듯하다.

난 좀 더 대단한 결말이 있을 줄 알고 잔뜩 기대했는데… 이러면 아까 그냥 죽일 걸.

머더러는 신문기자와 다르다. 신문기자는 아이를 구하지 못한 것을 자책하며 스스로 목숨을 끊으려 할 만큼 무거운 책임감을 느끼고 있었다. 반면 머더러는 다른 사람의 목숨을 빼앗는 것을 대수롭지 않게 여긴다.

이번에는 여러모로 짜증 났어. 다음 사람은 정말로 재미있는 기담을 들려줬으면 해.

그 말에 나는 입술을 꾹 깨물었다.

머더러의 바람대로 해줘선 안 돼! 하지만 그러지 않으면 우리를 기다리는 것은 '죽음….'

자, 그럼 다음 순서를 정해보도록 할까.

왠지 즐거워 보이는 머더러.

테이블 위에 룰렛이 나타났다. 돌아가던 구슬은 흑표범 사진이 붙은 구멍에 떨어졌다.

흑표범 인형은 한량이다.

나는 한량을 바라봤다.

한량

이런, 이런. 생각보다 빨리 왔네.

한량은 그다지 충격을 받은 것 같지는 않다.

아니면 그저 허세를 부리는 걸까?

한량

안심해. 난 전 세계를 여행하고 다녔어. 만족할 만한 기담을 들려줄게.

오, 그거 기대되네. 그럼 다음 모임은 월요일 오후 5시에 하는 걸로.

머더러의 발언이 끝나자 나는 몸을 일으켜 룸을 나가려고 했다. 나 말고 다른 사람들도 일어서고 있는데,

한량

잠깐. 다들 잠깐만 기다려봐.

한량이 우리를 멈춰 세웠다.

무슨 일이지?

우리는 다시 의자에 앉았다. 열 개의 의자 중 채워진 의자는 다섯 개. 이미 처음 모였을 때보다 절반으로 사람 수가 줄었다. 남은 아바타 인형도 다섯 개. 흑표범, 코끼리, 늑대, 북

139

극곰, 그리고 기린인 나.

나는 머더러가 아니다. 그 말은 나를 제외한 네 명 중에 머더러가 있다는 뜻이다. 한량, 선생, 아이돌, 탐정. 이 중에서 누가 머더러일까…?

한량이 모두를 둘러본다.

한량

내 차례가 온 마당에 이런 제안을 하는 것도 좀 그렇지만, 머더러의 정체에 대해 다시 한 번 토의해보지 않겠어?

선생

그건 이미 쓸데없다는 결론이 나왔을 텐데요. 지금 우리 다섯 명 중에 머더러가 있습니다. 머더러를 밝혀내는 순간 모두가 살해되지 않겠습니까?

그 발언을 듣고 탐정도 고개를 끄덕인다.

탐정

지금 이 자리에서 머더러가 누군지 알아낸다고 해도 우리가 뭘 할 수 있겠나? 머더러를 지목한 사람은 목숨을 건질지도 모르지. 하지만 다른 사람들은 어쩌나?

탐정의 말을 듣고 나는 가슴이 철렁했다. 머더러가 누군지 알아맞힌 사람은 분명 목숨을 건질 것이다. 하지만 그 밖의 다른 사람은….

목숨을 건지려면 머더러가 재미있어 할 기담을 들려주는 수밖에 없을 걸세. 물론 어떤 이야기를 해도 '재미없다'고 할 가능성이 크겠지만 말이네.

탐정

그때 아이돌이 손을 들고 말했다.

하지만… 아무것도 하지 않는 것보다는 낫지 않을까요?

아이돌

이로써 머더러의 정체를 밝혀보자는 의견에 찬성하는 사람은 한량과 아이돌. 그리고 반대하는 사람은 선생과 탐정. 다수결로 결정해야 한다면 2 대 2인 상황. 모두가 나를 쳐다봤다. 나는 잠시 고민하다가 손을 들었다.

저도 토의해보는 게 좋을 것 같아요. 살아남을 수 있다면 뭐든 해보고 싶어요.

앉은 자세를 가다듬었다.

하지만 토의한다고 해도 뭘 어떻게 할까요? 이미 나올 만한 시나리오는 다 나온 것 같습니다만.

선생

선생은 논의에 별로 끼고 싶지 않은 듯이 말했다.

조금 전에 떠오른 생각이 있는데.

한량

한량이 탐정을 가리켰다.

당신이 머더러 아니야?

한량

그 말에 나는 화들짝 놀랐다. 다른 사람들도 놀랐을지 모르지만 아바타 인형의 얼굴에 가려져 감정까지는 알 수 없었다. 한량은 말을 이었다.

신문기자는 아까 말하지 않은 게 있었어. 그걸 알고 싶었던 머더러는 신문기자가 털어놓을 때까지 그를 죽이지 않고 살려두었고. 그런데 당신이 그렇게 추리한 내용을 줄줄이 설명하는 바람에 결국 신문기자가 죽고 만 거야.

한량

탐정이 설명하지 않았다면… 상황은 달라졌을지도 모른다. 그러나 한량의 생각은 틀렸다.

자, 반론이 있으면 해봐.

한량

탐정은 입을 열지 않았다. 설명하는 것 자체가 바보 같다고 여기는 걸까. 그래서 내가 대신 발언했다.

탐정은 머더러가 아니에요.

한량

왜지?

신문기자가 말하지 않은 내용을 머더러가 궁금해한 건 맞아요. 하지만 탐정은 궁금해할 필요가 없었어요. 왜냐하면 탐정은 이야기의 내용을 추리하면서 이미 그게 뭔지 깨달았기 때문이에요.

그렇다. 탐정은 추리한 내용을 이야기할 당시 이미 그 내용을 알고 있었으니 머더러가 아니다.

탐정

간단한 추리지.

탐정이 머더러가 아니라면 후보는 세 명으로 압축된다. 한량, 선생, 아이돌 중 누가….

선생

결국 탐정을 제외한 당신들 세 명 중 머더러가 있다는 말이네요.

선생은 자신과 탐정을 제외한 다른 사람들 중에 머더러가 있다고 했다. 나와 똑같은 사고방식이다.

잠시 아무도 입을 열지 않았다.

그러다가 얼마 후 조심스럽게 아이돌이 발언했다.

아이돌

> 머더러는 우리를 왜 죽이려는 걸까요?

한량

> 그건 인형술사가 이미 추리했잖아. 우리 중에 죽이고 싶은 녀석이 따로 있을 거라고. 하지만 그 녀석만 죽이면 머더러가 곤란해지니까 상관없는 사람들까지 죽여서 감추려고 하는 거라고. 머더러는 이 추리를 부인했지만 난 인형술사의 추리가 맞는다고 생각해.

한량의 발언에 아이돌이 이어 말했다.

아이돌

> 저도 그게 맞는 것 같아요. 그런데 이해가 안 되는 건, 머더러는 정말로 죽이고 싶은 사람을 아직 죽이지 않았겠죠? 만약 목적을 달성했다면 그걸 숨기려고 우리를 죽일 필요는 없잖아요.

아이돌이 모두를 둘러본다.

아이돌

> 그러니 이제는 그만하세요.

머더러를 향해 말하는 듯하지만, 그렇다고 아이돌이 머더러가 아니라는 증거가 되지는 않는다.

한량이 어깨를 으쓱했다.

한량

> 자신은 머더러가 아니라고 주장하고 싶은 건가?

아이돌

> 전 머더러가 아니에요. 그건 제가 가장 잘 알아요.

한량

> 이런 우연이. 나도 내가 머더러가 아니라는 걸 내가 제일 잘 아는데.

이러다 보면 끝이 없다. 나는 곰곰이 생각했다. 지금 단계에서 머더러가 아니라고 할 만한 사람은 나와 탐정뿐이다.

한량, 선생, 아이돌 중에 가장 수상한 사람은 누굴까?

한량은 다음 차례로 기담을 들려주어야 한다. 의심을 사지 않게 일부러 다음 차례를 자신으로 한 것일 수도 있다.

그리고 선생. 그는 지금껏 그다지 눈에 띄는 발언이나 행동을 하지 않았다. 정체가 드러나지 않게 스스로 주의하고 있었던 걸까?

아이돌은? 조금 전의 그 발언…. 만약 아이돌이 머더러라면 '죽이고 싶은 상대는 죽였으니 이제 슬슬 그만할까.'라는 속내를 드러낸 게 아닐까.

해답이 나오지 않는다. 생각하면 할수록 모두가 의심스럽다. 하지만 이대로 시간이 흐르면 다음 기담을 들려줄 사람은 내가 될지도 모른다.

목덜미에 털이 쭈뼛 섰다. 지금까지 죽음의 공포는 여러 번 느꼈었다. 그래도 아직까지는 그저 남의 일인 줄 알았다. 막상 때가 닥치면 누군가가 날 구해주겠지. 그런 기대를 어렴풋이 품고 있었던 것 같다.

하지만 지금은….

죽음의 신이 등 뒤에서 나를 끌어안고 있는 것만 같았다. 내가 대체 왜 죽어야 하지. 비슷하게 생각했는지 한량이 입을 열었다.

머더러는 우리 모두를 죽이는 게 목적이겠지. 하지만 왜 하필 나지? 아니, 우리지? 열 명, 아니 머더러 자신을 제외하면 아홉 명인가… 아홉 명을 죽일 수만 있다면 누구든 상관없는 건가? 다른 룸에 있는 녀석들을 죽이면 안 되나?

한량

한량의 의문은 타당했다.

우리가 선택된 이유를 다시 한번 떠올려볼까?

한량

한량은 필사적이었다.

난 지금까지 역경을 여러 번 뛰어넘었어. 그러니 죽는 건 두렵지 않아. 하지만 이렇게 이유도 모르고 죽는 건 사절이야.

한량

그 마음은 나도 뼈저리게 공감했다. 어차피 죽을 거라면 적어도 이유는 알고 죽고 싶다.

한량

지금부터 내 과거를 밝힐게. 만약 우리 사이에 접점이 있다면 그게 살해 이유일지도 모르니까.

그렇게 한량은 자기 이야기를 꺼냈다. 지금까지 여행한 수많은 나라, 그곳에서 한 경험, 만난 사람들. 위험한 상황을 여러 번 뛰어넘었다고 한 말은 분명 거짓이 아니었다. 재미있는 이야기지만 듣고 있으니 왠지 책에서 읽어봄직한 내용 같기도 했다.

한량

살아남으려고 온갖 일을 해왔지만 그래도 다른 사람의 원한을 살 짓은 안 했다고 생각해.

그러더니 그는 모두에게 물었다.

한량

어때? 나랑 비슷한 경험을 했거나 내가 이야기한 사람을 아는 사람이 있어?

아무도 입을 열지 않는다. 고개를 절레절레 흔들 뿐이다. 그러다가 선생이 발언했다.

선생

접점이 있을 리 없지요. 저는 평범한 초등학교 교사니까요. 평소에 아이들을 엄하게 지도해서 원망 섞인 이야기를 들은 적은 있지만 목숨을 위협받을 정도는 아니었습니다.

아이돌

저도 마찬가지예요. 저는 모두에게 꿈과 희망을 주고 싶어서 아이돌이 됐어요. 원한을 살 만한 짓은 안 했어요.

탐정

자네들은 꽤 흥미로운 자들이군. 현실 세계 속 직업을 그대로 룸에서 쓰다니.

그 말을 들은 세 사람의 아바타가 몸을 움찔하는 것처럼 보였다.

아이돌

그렇게 말하는 탐정님은요? 현실 세계에서는 탐정이 아니에요?

한량

우리는 우리 이야기를 솔직히 털어놨어. 당신도 들려줘야 하지 않겠어?

아이돌과 한량의 발언에도 탐정은 가볍게 손을 들며 회피했다.

탐정

나는 말할 수 없네. 탐정이라는 직업은 비밀 엄수가 필수야. 그 점을 모두 이해해줬으면 좋겠군.

선생

그건 곧 현실 세계에서도 탐정이라는 뜻인가요? 아니면 당신이 바로 머더러라 말할 수 없다고 이해해도 될까요?

선생이 묻자, 탐정이 고개를 좌우로 흔들었다.

탐정

난 머더러가 아닐세. 그건 조금 전에도 증명 됐을 텐데.

이후에는 아무도 발언하지 않았다.

151

나는 조금 전 탐정의 말을 되짚었다.

한량, 선생, 아이돌은 룸에 들어올 때 현실 세계와 같은 직업을 설정했다. 지금까지 살해된 인형술사와 신문기자. 그들도 현실 세계에서 인형술사와 신문기자였을까?

그런 생각을 하고 있을 때 탐정이 말했다.

탐정

> 우리가 서로 공통점이 없다고 했는데, 실은 간과한 사실이 하나 있네.

우리는 화들짝 놀라 탐정을 봤다.

탐정

> 바로 기담을 좋아한다는 거지.

그렇다. 잊고 있었다. 탐정의 말이 옳다.

탐정

> 우리는 기담이라는 먹잇감에 홀려 날아온 벌레들일세. 나방이 불 속에 뛰어든 것처럼 이제는 도망칠 수 없네.

탐정의 아바타인 북극곰 인형이 히죽 웃는 것 같았다.

다섯 번째 기담

"'저쪽'에 갈 때 필요한 약이야. 자기 전에 먹어. 나도 먹을 테니."

"저쪽? 거기가 어딘데?"

"가보면 알게 될 거야. 거기에서는 어떤 행동을 해도 괜찮아. 하고 싶은 것을 자유롭게 할 수 있는 세계니까.

"정말로 뭐든 해도 돼?"

"응."

"사람을 칼로 찔러도?"

"응, 괜찮아."

월요일 오후 5시.

룸에 들어갔다. 먼저 들어와 앉아 있던 탐정이 나를 보며 손을 흔든다. 나는 가볍게 고개를 숙이고 의자에 앉았다. 뒤이어 아이돌과 선생이 들어왔다. 잠시 기다렸지만 한량은 오지 않았다.

탐정의 발언에 다른 사람들은 입을 다물었다.

나는 머더러가 입을 열길 기다렸다. 지금 상황에서 머

더러가 발언하면 한량은 머더러가 아니라는 걸 증명할 수 있다. 룸에 시계가 없어서 정확하지 않지만 30분 정도 더 지났을 때 한량이 들어왔다.

한량

기다리게 해서 미안. 준비하느라 좀 늦었어.

흑표범 인형 아바타의 모습을 한 한량이 의자에 털썩 앉았다.

다행이야. 난 분명 당신이 올 거라고 믿었어. 탐정은 도망쳤다고 의심한 듯했지만.

머더러의 말은 신경도 쓰지 않고 한량이 발언했다.

한량

머더러, 나와 내기하지 않겠어?

머더러는 곧바로 대답하지 않았다. 그러다가 얼마 후 말을 이었다.

당신과 내기하면 내게 어떤 이득이 있는데?

한량

따분함이 조금이나마 덜해질 거야.

그렇군. 그 대답, 마음에 드네. 그래, 내기에 응할게.

나는 어떤 상황이 펼쳐질지 몰라 가슴이 두근거렸다.
머더러가 물었다.

무슨 내긴데?

그러자 한량의 손에서 모래시계가 나타났다. 룸에 물건
을 갖고 오려면 입장할 때 처음 설정 화면에서 갖고 갈 물건을
등록하는 성가신 절차를 거쳐야 한다. 준비하느라 늦었다는
말은 분명 이 모래시계를 들고 오는 절차를 말한 것이다.

한량이 계속 말을 잇는다.

한량

당신은 언제든 원할 때 우리를 죽일 수 있지?

응, 맞아.

한량

이 모래시계의 모래가 전부 떨어지려면 3분이 걸려. 기담을 다 이야기하고 나면 3분 안에 날 죽여봐. 만약 못 죽이면 내 승리야. 그때는 이 룸을 폐쇄하고 우리를 풀어줘.

내가 이기면?

한량

내가 죽겠지. 그걸로 충분하지 않아?

이런. 나한테는 득 될 게 하나도 없는 내기잖아.

머더러가 쓴 자막에서 어이없다는 듯한 분위기가 풍겼다.

어쨌거나 좋아, 내기를 받아들이지. 지금 당장 기담을 말해줘.

약속 지켜야 해.

한량

테이블 위에 원통형 모니터가 나타났고 이야기는 그렇게 시작됐다.

내가 남미를 여행할 때 겪은 일이다.

당시 정글을 헤매고 있던 나는 먹을 게 다 떨어져 마침내 몸을 움직이지 못하게 됐다.

그런 나를 구해 준 이들이 바로 딜리족이다. 그들은 현대 문명과 접촉하지 않은 원시 부족이다. 현대 문명을 모른다고 해서 그들을 우습게 봐서는 안 된다. 아니, 딜리족을 보고 있으면 오히려 문명인을 자처하는 우리가 뒤떨어진 인간 같다. 그들은 타인에게 매우 상냥할뿐더러 건강하고 씩씩하게 살았으니까.

그전까지 만난 원시 부족은 외부인에게 아주 공격적이었다. 손에 창을 들고서 나를 찔러 죽이려고 한 적도 있었다. 무엇이든 말로 하면 통한다는 것은 같은 문화권에 있는 사람들에게만 통용되는 이야기다. 원시 부족을 만날 때는 살해될 위험도 무릅써야 한다. 그런데도 딜리족은 죽어가는 나를 마을에 들인 것으로도 모자라 물과 먹을 것을 주며 나를 돌봐줬다. 죽어가는 내가 불쌍해서 구해줬나? 처음에는 그렇게 생각했다. 하지만 아니었다.

　　기운을 조금 차린 나는 재활을 겸해 일과 시간에 마을을 산책했다. 딜리족은 전부 합쳐 약 500명 정도 되었는데, 낮에는 남자들이 사냥을 나가고 여자들이 가족을 돌보며 역할을 확실히 분담하고 있었다. 마음대로 마을 안을 돌아다녀도 아무도 뭐라고 하지 않았고 이상하게 보지도 않았다. 그러기는커녕 내가 조금이라도 몸을 휘청거리면 곧바로 지팡이를 들고 달려와 주었다.

　　마을 광장에는 커다란 나무가 있었는데 나는 주로 그곳에 몸을 기댄 채 딜리족을 관찰했다. 그러다가 깨달은 것은 그들은 누구에게나 상냥하다는 점이었다. 상대가 산 사람이든 죽어가는 사람이든, 부족원이든 외부인이든 상관없이 말이다.

　　그리고 딜리족은 지능이 뛰어나다는 것도 깨닫게 되었다. 그들이 쓰는 언어는 그전까지 들어본 적 없는 언어였다. 새소리와 비슷한 소리와 말의 길이로 의사를 전달하는 듯했다. 비숫하게 발음해보려고 했지만 혀끝이 깔깔해서 도무지 따라 할 수 없었다. 그들과 1년 남짓한 시간을 함께 보냈지만 그들에 대해 알게 된 것이라고는 그들이 자신을 딜리라고 부른다는 것과 그들이 사용하는 몇 가지 명사 정도였다.

반면 딜리족은 내가 쓰는 일본어를 순식간에 구사했다. 나는 그들의 언어를 배우기를 포기하고 그 대신 그들에게 일본어를 가르쳤다. 그중에서도 특히 빠르게 배우는 여자아이가 있었는데, 나이는 열 살 정도 됐을까. 이름은 필로였고, '실 같은 것' 또는 '잇는 것'이라는 의미가 담겨 있다고 했다. 나를 돌보는 일은 일본어에 능숙한 필로가 거의 도맡아서 했다.

어느 날 나는 필로에게 물었다.

"딜리족은 어떻게 누구에게나 상냥해?"

그러자 필로는 고개를 갸웃했다. 그들에게 '상냥하다'라는 것은 마치 공기처럼 당연해서 따로 설명할 말이 없는 듯했다. 참으로 신기한 부족이었다.

필로가 옆에서 열심히 나를 돌봐준 덕에 내 몸은 점차 회복돼갔다. 기운을 차리자 아무 특징이랄 것이 없는 딜리족의 생활이 따분하기까지 했다.

언젠가 한 번은 남자들을 따라 사냥을 도우려고 하니 필로가 화를 버럭 냈다. 나는 사냥할 기본을 갖추지 못했으니 안된다는 것이었다. 직접 잡아 죽인 것을 먹는 것이 사냥의 기본인데, 나는 지금껏 남이 잡아준 것만 먹었으니 기본이 없다는 논리였다. 결국 하루 종일 할 일이 없어서 광장에 있는 나무 아래에 등을 기댄 채 빈둥빈둥 시간을 보냈다. 술이나 담배라도 있으면 좋을 것 같아 필로에게 물어봤다.

"있기는 한데 다들 **이쪽**에서는 입에 대지 않아. 몸에 안 좋으니까."

이쪽…?

무슨 말인지 알 수 없었다. 필로가 잘못된 일본어를 썼다고 생각해 다시 한번 물었다.

"'이쪽'이라는 게 어디를 말하는 거야?"

그러자 필로가 묘한 표정을 지었다. 웃는 것 같기도, 우는 것 같기도 한… 마치 말해서는 안 될 것을 입에 담은 듯한… 이렇게 설명해도 이해하기 어려울 것이다. 필로의 표정은 다양한 것을 말해주고 있었다. 그 이상 캐물으면 필로가 괴로워할 것 같아서 두 번 묻지는 않았다. 그러나 '이쪽'이라는 게 대체 무엇인지 나는 그날 이후부터 줄곧 신경 쓰였다.

이후에도 나는 딜리족을 쭉 관찰했다. 그들은 술과 담배를 가지고 있었으나, 내가 보고 있는 곳에서는 절대 입에 대지 않았다. 모두 그것이 몸에 좋지 않다고 절실히 느끼는 것 같았다. 사냥해 온 것은 마을 사람들 모두가 사이좋게 나눠 먹었다. 다치거나 병에 걸려 사냥을 못한 가족에게도 먹을 것을 공평하게 나눠줬다. 모두 함께 돕는 것을 그 누구도 이상하게 여기지 않았다. 다른 사람에게 상냥할뿐더러 건강하고 씩씩하게 살아가는 딜리족. 그곳은 그야말로 천국이나 마찬가지였다. 적어도 표면상으로는.

그렇다. 어디까지나 표면상으로 말이다. 내가 비뚤어졌다고? 나는 전 세계를 여행하며 한 가지 결론을 얻었다. 그것은 바로 이 지구상에는 천국이 없다는 것이다. 아무리 평화롭고 고요한 마을 같아 보여도 그곳에 인간이 있는 이상 천국이 될 수는 없다. 그래서 딜리족의 모습이 더욱 기이해 보였다. 실제로 얼마 지나지 않아 나는 그들의 삶이 뭔가 이상하다고 느끼기 시작했다.

어느 날 밤, 마을 광장에서 다툼이 일어났다. 젊은 남자 두 명이 서로 노려보며 씩씩거리고 있었다. 나는 무슨 일이 있었는지 필로에게 물었다. 어디에나 있을 법한 흔한 갈등이었다. 여자 한 명을 남자 두 명이 좋아하게 된 것이다. 여자는 둘 중 한 명을 선택하지 못하고 있었다. 남자들은 자신이 더 여자를 행복하게 해줄 수 있다며 상대에게 포기하라고 했다. 그러면서 계속해서 서로를 노려봤다.

나는 이 싸움의 결과가 어떻게 될지 몹시 궁금했다. 다른 사람에게 상냥하고 평화롭게 살아가는 딜리족인데, 설마 몸싸움을 할까. 그런 일은 벌이지는 않을 거라고 예상했다.

그렇게 생각할 때 갑자기 두 사람이 주먹을 뻗어 싸우기 시작했다. 그들을 말린 사람은 나이 많은 장로였다. 새된 소리로 뭐라고 한마디 외치자 두 사람은 급격히 얌전해졌다. 그렇다고 마음이 완전히 가라앉은 건 아니었다. 그건 두 사람의 핏발선 눈만 봐도 알 수 있었다.

두 남자는 결국 등을 돌린 채 각자의 집으로 돌아갔다. 나는 필로에게 장로가 무슨 말을 했는지 물었다.

"'저쪽'에서 처리하라고 하셨어."

필로가 대답했다.

이번에는 '저쪽'이라는 단어가 나왔다.

나는 한 번 더 물었다.

"'저쪽'이니 '이쪽'이니 하는데, 그게 대체 어디야?"

하지만 그 질문에 필로는 고개를 가로저으며 대답해주지 않았다.

다음 날 아침 두 남자 중 한 명이 자신이 여자와 결혼할 거라고 선언했다. 모든 마을 사람이 남녀를 축복했다. 나는 그와 경쟁하던 다른 한 명이 신경 쓰였다. 광장은 결혼을 축하하는 이들로 가득 찼다. 나는 그곳을 벗어나 경쟁하던 또 다른 남자를 찾았다. 그를 발견한 곳은 마을 외곽 정글 앞이었다. 남자는 빈손으로 비틀거리며 정글로 들어가고 있었다.

'저런 상태로 정글에 들어가면 위험할 텐데…'

남자를 쫓아가 어깨를 붙잡자 그가 나를 향해 고개를 돌렸다. 그는 무표정한 얼굴과 초점이 맞지 않은 눈으로 나를 봤다. 순간 섬뜩해져서 남자의 어깨에서 손을 뗐다. 남자는 마치 넋이 나간 사람처럼 보였다.

나는 아무 말도 할 수 없었다. 남자는 나를 무시하고 계속해서 정글로 들어갔다. 내가 다시 그를 뒤쫓으려 하자 뒤에서 "안 돼!" 하고 나를 말리는 소리가 들렸다. 돌아보니 필로가 서 있었다. 필로는 내 손을 붙잡고 광장 쪽으로 끌고 갔다.

"아까 그 남자를 그냥 내버려 둬도 되는 거야?"

필로에게 그렇게 묻자 뜻밖의 대답이 돌아왔다.

"그 남자는 이미 죽었어…."

누구에게나 상냥한 딜리족답지 않게 얼음장처럼 차가운 목소리였다.

"죽었다니…. 두 다리로 걷고 있었어. 멀쩡히 살아 있었다고!"

그렇게 말했지만 필로는 고개를 흔들 뿐이었다.

그로부터 얼마 동안은 평화로운 일상이 이어졌다. 딜리족의 비밀에 대해 더 알고 싶었지만 방도가 없었다. 어쩔 수 없이 슬슬 일본으로 돌아가야겠다고 생각했을 때 장로가 내게 말했다.

"자네는 자네가 살던 나라로 돌아갈 텐가? 아니면 여기 살면서 딜리족의 일원이 될 텐가?"

이때 솔직하게 돌아갈 거라고 하면 괜찮았겠지만 딜리족의 비밀을 알고 싶었던 나는 딜리족의 일원이 되겠다고 대답하고 말았다. 장로는 만족스러운 듯이 고개를 끄덕이고 내게 작은 가죽 주머니를 주었다. 그 안에는 쌀알 정도 되는 크기의 검은 환약이 들어 있었다. 필로에게 이것이 무엇인지 물으니 '파라'라고 알려주었다.

"'저쪽'에 갈 때 필요한 약이야. 자기 전에 먹어. 나도 먹을 테니."

필로는 웃으며 말했다.

'네가 딜리족 사람이 됐으니 지금껏 말하지 못한 비밀을

알려줄게. 이렇게 되어 기뻐.'

필로의 웃는 얼굴은 그렇게 말하는 것만 같았다. 물론 나는 뒤가 조금 켕겼다. 딜리족의 일원이 되겠다고 말한 건 부족의 비밀을 알아내기 위한 거짓말이었으니까. 알고 싶은 것만 알게 되면 곧장 도망칠 계획이었다. 그러나 필로는 조금도 날 의심하지 않았다. 마음속으로 그런 필로에게 사죄했다.

그러던 어느 날 밤.

딜리족 일원들에게 주어지는 작은 움막에서 나는 가죽 주머니에 들어 있던 파라를 한 알 먹었다. 젤리 같은 질감의 탄력 있는 환약이었다. 손가락에 힘을 주어 눌러보니 중심부에 단단한 뭔가가 있었다. 식물의 씨앗 같은 걸까. 먹어도 괜찮을까. 불안감이 스쳤지만 이것만 먹으면 딜리족의 비밀을 알 수 있을 것만 같았다.

나는 파라를 삼키고 움막의 단단한 바닥 위에 드러누웠다. 지붕 틈새를 통해 별이 뜬 하늘이 보였다. 그것을 보며 조용히 눈을 감았다.

그리고 다시 눈을 떴을 때 극심한 충격을 느끼며 나도 모르게 목에서 신음이 새어 나왔다. 눈을 감고 있었던 것은 고작 몇 초였다. 그러나 눈을 떠보니 내가 있는 곳은 딜리족의 움막 안이 아니었다. 내가 일본에서 살 때 생활하던 싸구려 빌라 방이었던 것이다.

세 평짜리 집에 침대와 탁자 대용으로 쓰는 각로. 그리고 여행한 나라에서 사온 잡다한 수집품들. 나는 지금 꿈을 꾸고 있는 걸까? 아니면 딜리족과 함께 지낸 기억이 꿈인가…?

"꿈이 아니야."

그때 필로가 옆에서 대답했다. 필로가 구석에 서서 신기한 광경을 보듯 방 안을 둘러보고 있었다.

"꿈이 아니라니… 아무리 봐도 꿈이잖아! 내가 살던 일본 집에 딜리족인 네가 있다니, 이게 꿈이 아니고 뭐겠어!"

내가 그렇게 따지자 필로가 고개를 흔들었다.

"파라를 먹어서 그래. 지금 너와 나의 의식은 파라가 만든 세계에 와 있는 거야."

필로는 내게 배운 일본어를 열심히 구사해서 설명해주었다. 위상공간, 동일차원, 양자역학. 일본인인 나도 이해하지 못할 단어를 쓰는 필로. 긴 설명을 마칠 때까지 입을 다물고 있던 내게 필로는 한숨을 쉬며 말했다.

"꿈속 세계라고 생각하는 쪽이 이해하기 편하다면 꿈이라고 생각해도 돼."

그러고 나서 필로는 손가락을 하나 세우고 강조하듯 말했다.

"또 하나, 잊어서는 안 될 게 있어. 이 세계에서는 뭘 해도 괜찮다는 거야."

"뭘 해도 괜찮다니?"

"말 그대로야. 어떤 행동을 해도 괜찮다는 뜻이야."

필로가 내 손을 붙잡는다.

"당신이 살던 동네를 내게도 안내해줘."

집을 나가자 가장 먼저 눈에 들어온 것은 올려다본 하늘의 색이었다.

붉은색….

잘 익은 딸기 같은 색.

"하늘이 왜 빨갛지?"

나는 필로에게 물었다.

"몰라. 하지만 그것만 제외하면 평범한 마을 같은데?"

다음으로 눈에 들어온 건 지저분한 동네 풍경이었다.

모든 건물 유리창에는 금이 가 있었고, 신호등은 고장 나서 차가 멋대로 달리고 있었다. 서로 양보하지 않아서 충돌하는 차도 많았다. 마치 폭동이라도 일어난 것 같은 광경이었다.

과자 봉지와 담뱃재, 페트병, 편의점 비닐봉지 등도 거리에 잔뜩 떨어져 있었다. 그 와중에 길을 걷는 사람들은 태연하게 거리에 쓰레기를 버렸다.

사람들의 복장도 뭔가 단정치 못했는데, 양복에 넥타이를 맨 사람이 거의 없었다. 집에서 입던 옷을 그대로 입고 외출한 것 같았다. 술에 취했는지 술병을 손에 들고 비틀거리는 사람도 있었다. 그 사람이 길을 걷는 다른 사람과 부딪쳐서 다투기까지 했다.

뭐지… 이건?

"이 사람들은 일본인 같은데, 이들도 파라를 먹은 거야?"

"아니. 이 사람들은 순수하게 꿈을 꾸는 사람들이야. 우리는 파라를 먹고 건너온 이쪽 세계와 현실을 구분해서 인식하지만 이 사람들에게 이곳은 현실 세계와 똑같아."

"…"

"보아하니 이 사람들은 평소 마음속에 스트레스를 엄청 쌓아놓나 보네. 딜리족은 파라를 먹어도 이렇게까지 심하지는 않은데."

필로가 말했다. 나는 아무 대꾸도 할 수 없었다.

눈앞에서 걷고 있던 사람이 불붙은 담배꽁초를 거리에 버렸다. 담배가 그대로 바닥을 구르며 인도 옆에 있던 종잇조각에 닿아 담뱃불이 옮겨붙고 말았다.

"이봐, 잠깐만!"

내가 뒤에서 그렇게 외쳐도 남자는 아랑곳하지 않고 그대로 걸어갔다.

"화재라도 나면 어쩌려고 그래!"

나는 서둘러 종잇조각을 밟아서 불을 껐다.

"그건 그때 가서 생각할 일이지. 신경 쓰지 않아도 돼."

필로가 옆에서 대수롭지 않게 말했다.

나는 물었다.

"여긴 대체 뭐야! 이런 게 당연한 거야? 아무렇지 않게 쓰레기를 버리고 살짝 부딪쳤다고 바로 다투고. 이상하지 않아?"

그러자 필로가 고개를 흔들었다.

"하나도 안 이상해. 이것이 바로 인간의 본모습이거든. 그리고 여기는 하고 싶은 것을 자유롭게 할 수 있는 세계니까."

"하고 싶은 걸 자유롭게 하다니… 모두가 그러면 이 세상은 엉망진창이 될 거라고."

나는 거기까지 말하다가 불현듯 지금 이 세상이 기이한 이유를 깨달았다.

필로에게 물었다.

"정말로 뭐든 해도 돼?"

고개를 끄덕이는 필로.

"응."

"사람을 칼로 찔러도…?"

"응, 괜찮아."

필로는 태연하게 대답했다.

"이 세계에서 다쳐도 현실 세계에 영향을 미치지는 않으니까. 그래서 술이나 담배 같은 몸에 좋지 않은 걸 이쪽 세계에서만 즐기는 사람도 있어. 하지만 살해되지 않도록 주의해야 해. 이 세계에서 살해되면 현실 세계에서도 죽거든."

"예전에 정글에 들어가려는 남자를 보고 죽었다고 했었잖아. 그 남자는 이쪽 세계에서 살해된 거야? 그래서 그렇게 넋이 나간 것처럼 보였던 거야?"

"어쩔 수 없는 게, 두 남자 다 끝까지 여자를 포기하지 않잖아. 그럼 둘 중 하나가 남을 때까지 서로 죽일 수밖에 없지."

웃는 얼굴로 대답하는 필로.

나는 반박하고 싶었다.

'그건 아니야. 우리는 인간이니 대화로 해결할 수 있어!'

그러나 입 밖으로 낼 수는 없었다. 현실 세계를 보면 알 수 있지 않나. 대화로 해결한다는 것은 대부분 허상에 불과하다.

"딜리족은 현실 세계의 평화를 지키려고 파라를 먹고 이쪽 세계로 와. 그리고 마음 내키는 대로 즐기다가 현실 세계로 돌아가지. 그래서 딜리족에게는 갈등 따위가 존재하지 않아."

나는 아무 말도 할 수 없었다. 필로의 말을 어떻게 받아들여야 할까. 옳은 것 같기도, 잘못된 것 같기도 했다. 가만히 침묵하고 있자 필로가 내 손을 맞잡았다.

"조금 더 마을을 둘러보자."

그 뒤에 내가 본 광경은 다시 떠올리고 싶지도 않다. 나는 내가 유달리 예의범절이 바른 사람이라고 생각하지 않는다. 그러나 그때 거리에 펼쳐진 광경을 보고는 구역질이 일었다. 인간의 악랄한 일면, 숨겨져 있는 얼굴을 보게 된다면… 정신이 나가지 않는 게 오히려 이상할 정도였다.

이건 그야말로 악몽이야….

나는 도망치듯 내가 사는 집으로 돌아갔다. 하지만 그곳역시 아직은 꿈속이었다. 도망칠 수 없었다.

침대로 기어들어 이불을 뒤집어쓰고는 사시나무 떨듯 몸을 덜덜 떨었다. 조금만 참자. 파라의 약효는 아침이 되면 사라진다. 그럼 꿈에서 깨어날 수 있다. 깨고 나면 곧장 일본으로 돌아가자.

"괜찮아…?"

필로의 목소리가 들렸다. 나는 이불을 뒤집어쓴 채 대답하지 않았다.

"앞으로도 파라를 먹지 않으면 딜리족이 될 수 없어."

그 말에 나도 모르게 움찔했다.

딜리족의 일원이 되겠다고 한 것은 비밀을 캐내려고 한 거짓말이었다. 그리고 이제는 비밀을 알게 됐다. 나는 한시라도 빨리 일본으로 돌아가고 싶었다.

"이 세계에서는 거짓말을 해도 돼. 하지만 현실 세계에서 거짓말하는 건 용납되지 않아."

"…"

"당신은 처음부터 딜리족 사람이 될 마음이 없었지? 그저 우리의 비밀을 알고 싶었을 뿐이지?"

"…"

"비밀을 다 알게 됐으니 이제 미련도 없겠지."

몸이 계속해서 떨렸다.

현실 세계에서 거짓말한 나를 필로는 어쩌려는 걸까…?

이불 끝에서 고개를 빼꼼 내밀어 상황을 살폈다.

필로는 방 한구석에서 몸을 웅크린 채 바닥에 흩어진 잡지와 신문을 주워 모으고 있었다.

'뭘 할 생각이지?'

해답은 곧장 나왔다. 필로의 손에 100엔짜리 라이터가 쥐어져 있었다. 이 집을 통째로 불태울 작정인가! 난 이불을 박차고 일어나 집을 뛰쳐나갔다. 붉은 하늘 아래, 거리를 필사적으로 달렸다.

"누가 저 녀석을 죽여줘!"

등 뒤에서 필로의 목소리가 들렸다. 그 말을 들은 남자 몇 명이 나를 뒤쫓아왔다. 하나같이 으스스한 미소를 지으면서. 얼굴만 봐도 망설임 없이 다른 사람을 죽일 녀석들이다. 나는 뒤돌아보지 않고 뛰었다.

파라의 약효가 사라져 마을 오두막에서 눈을 뜨자마자 나는 미련 없이 딜리족 마을에서 도망쳤다. 날은 아직 어두웠고 온몸이 녹초가 된 상태였지만 그런 불만을 토로할 때가 아니었다. 정신을 차려 보니 강가에 쓰러져 있었다. 파란 하늘을 보며 또다시 의식을 잃었다.

다음으로 눈을 뜬 곳은 병실 안이었다.

운 좋게 목숨을 건졌지만 거기서부터가 문제였다. 여권을 잃어버린 탓에 신원을 증명할 방법이 없었던 것이다.

나는 결국 강제송환되는 형태로 일본에 돌아왔다.

다음 이야기가 이어지기 전까지는 시간이 좀 걸렸다.

───────────◆───────────

10여 년 만에 일본에 돌아온 나는 눈앞에 펼쳐진 인터넷 기반의 사회를 보며 놀랐다. 모두 익명으로 아무렇지 않게 다른 사람을 상처 입히고 있었다. 마치 모든 사람이 파라를 복용한 것 같았다. 이제는 인터넷에서든 현실 세계에서든 안 그런 사람을 찾기가 더 어려워진 것 같지만… 아무튼 나는 머더러도 그런 사람 중 한 명이 아닐까 추측한다.

───────────◆───────────

기담이 적힌 원통형 모니터가 사라지고 한량이 말을 이었다.

한량

머더러는 현실 세계에서 하지 못할 살인을 룸 안에서 하려고 했다. 그러나 룸과 현실을 구분하지 못하게 된 머더러는 현실 세계 속 우리를 죽이려 했다. 어때? 내 추리가.

> 한마디로 말해 오답이야. 발상은 흥미롭지만. 그건 그렇고, 기담
> 은 다 말한 거라고 생각해도 될까?

한량

> 그래, 끝났어.

한량이 모래시계를 뒤집는다. 후드득 떨어지는 모래알.

한량

> 이야기도 끝났으니 내기를 시작하지. 자, 이
> 제 언제든 날 죽여도 돼.

우리는 말없이 상황을 지켜볼 수밖에 없었다.

흑표범 인형이 룸에서 사라지지 않는 게 신기했다. 지
금까지는 머더러가 죽이고자 마음먹으면 그 즉시 인형이 사
라졌다. 그런데 흑표범 인형은 아직 사라지지 않았다.

아무래도 날 죽이기는 어려운가보네. 내 차례가 되자 난 냉정하게 생각해봤어. 머더러는 현실 세계 속 우리와 룸 안에 있는 아바타 인형을 동일화시켰다고 했지? 그 증거로 머더러는 탐정의 팔을 부러뜨리고 우리의 손등에 X자를 남겼고. 우리는 그 때문에 머더러에게 특수한 능력이 있고 그가 현실 세계 속 우리를 죽일 수 있다고 믿게 된 거야.

한량

손등을 문질렀다. X자는 이미 사라지고 없었다. 그러나 그때 느낀 충격은 아직 사라지지 않았다.

한량의 발언이 이어진다.

하지만 그것이 트릭이었다면 어떨까? 트릭으로 특수한 능력이 있는 것처럼 연출했다면? 우리는 탐정의 팔이 부러진 것을 실제로는 보지 못했어. 탐정의 비명과 머더러가 팔을 부러뜨렸다는 말만 듣고 추측했을 뿐이지. 하지만 탐정이 머더러의 동료이거나 탐정이 머더러라면 이 트릭은 성립해.

한량

모두가 탐정을 바라본다. 그러자 탐정이 조용히 입을 열었다.

탐정

그럼 묻겠네만, 그때 손등에 X자는 어떻게 남겼다는 거지?

한량

그건 사전에 준비한 거야.

한량이 탐정의 질문에 대답했다.

한량

머더러는 어떤 방법을 써서 게스트들이 있는 곳을 파악하고 있었어. 그리고 또 어떤 방법으로 그곳에 가서 모두가 룸에 들어가기 전에 이쑤시개 같은 것을 써서 손등에 X자를 그렸지. 그래서 그때는 보이지 않았지만 손으로 문지르면 긁힌 자국이 부어올라 눈에 띄게 된 거야. 한때 심령 현상을 자칭하며 사기를 칠 때 자주 쓰인 트릭이야.

그러고 보니 그때 머더러는 X자가 눈에 보이지 않으면 문질러보라고 했다.

한량

이로써 머더러에게는 특수한 능력이 없다는 게 밝혀졌어.

한량은 자신감에 차 말을 이었다.

그럼 특수한 능력도 없는 머더러가 현실에서 어떻게 살인을 저질렀을까? 살아 있는 사람을 죽이는 건 가상공간 속 디지털 데이터를 삭제하는 것과 달라. 그 사람 앞에 직접 나타나야만 하니까.

한량

분명 현실에서 살인을 저지른다는 건 쉽지 않다. 저항하는 상대에게 역으로 자신이 살해될 수도 있으니까.

그래서 난 나를 지키기 위해 단순하지만 효과적인 방법을 떠올렸어. 뭔지 알겠어? 아니, 머더러 넌 이미 알고 있지?

한량

한량의 질문에도 머더러는 대답하지 않았다.

단순하지만 효과적인 방법. 난 지금 내가 있는 방의 문을 잠갔어.

한량

그런 방법이!

지금껏 우리는 머더러를 그저 유령 같은 존재라고 생각

했다. 우리가 어디에 있든 우리를 죽일 수 있는 특수한 능력을 지닌 초자연적 존재 말이다.

그러나 조금 전 한량이 한 말을 듣고 지금껏 머더러의 트릭에 휘둘려왔음을 깨달았다. 머더러도 우리와 똑같은 평범한 인간인 것이다.

한량은 지금 문을 잠근 방 안에 있다. 밀실이다! 아무도 들어가지 못한다! 머더러는 살인을 저지를 수 없다. 이번 내기는 한량이 이겼다.

그래서 그런지 한량에게서 승자가 여유가 느껴지는 듯했다.

자물쇠라는 건 참 편리한 물건이야. 미스터리 드라마 같은 데서 보면 자물쇠로 잠근 방문을 부수고 들어가기도 하지만, 그건 현실적으로 불가능하지. 아무리 노력해도 단 3분만에 부수는 건 더 어려울 테고.

한량

머더러는 말이 없다. 앞으로 몇 초만 지나면 모래시계속 모래가 전부 바닥에 떨어질 것이다. 머더러는 그동안 아무것도 할 수 없다.

자, 날 죽여볼 으읏….

한량의 말이 도중에 끊기고, 그와 동시에 한량의 아바타인 흑표범 인형이 룸 안에서 사라졌다. 그리고 때마침 모래시계 속 모래가 바닥에 다 떨어졌다.

아쉽게 됐군. 조금만 버티면 됐는데.

머더러에게서 승자의 여유가 확실히 전해졌다.

이 이상한 내기만 하지 않았어도 한량은 살아남았을 거야. 기담이 아주 재미있었거든. 합격점을 줄 만한 기담이라고 생각했는데… 참 안타까워. 그런 내기를 해서 스스로 목숨을 내팽개칠 줄이야.

나는 한량이 앉아 있던 의자를 바라봤다. 하지만 그곳에는 지금 아무것도 없다.

자, 그럼 다음은 누구로 할까.

그 말이 끝나기가 무섭게 룰렛이 우리 눈앞에 나타났다.

다음 차례는 누가 될까.

여섯 번째 기담

"N은 앞자리와 오른쪽에 있는 사람이 말을 걸면 반응하는데 제가 말을 걸면 한 번도 대답해주지 않았어요. 그러다가 N이 다른 사람과 대화하는 소리를 엿듣게 됐습니다. '이 회사에 유령이 있다. 아무도 없는 곳에서 목소리가 들린다.' 라고 하는 N의 말을…."

룰렛이 돌아간다.

빈 구멍은 네 개. 나, 선생, 아이돌, 탐정.

잠시 후 구슬은 선생이 적힌 구멍에 떨어졌다.

다음 차례는 선생이네. 지금껏 다양한 학생들을 만났을 테니 재미있는 기담을 들려주겠지. 기대할게. 그럼 수요일에 보자고.

선생

다음은 제 차례로군요.

선생이 몸을 일으켰다.

선생

> 재미있는 기담을 준비해오겠습니다.

말을 마친 선생이 방을 나갔다. 룸에 남은 사람은 나와 아이돌, 탐정까지 세 명. 나도 방을 나가려는데, 이상하게도 의자에서 좀처럼 엉덩이가 떨어지지 않았다.

아이돌

> 몇 명 안 남았네요.

아이돌이 입을 열었다. 나는 아무 말도 하고 싶지 않아서 탐정이 발언할 때까지 기다렸다.

탐정

> 사람 수가 줄어들었다는 건 그만큼 머더러의 정체를 밝히기 수월해졌다는 뜻이기도 하지.

탐정의 말이 맞는다. 나는 아이돌과 탐정을 쳐다봤다. 일단 나는 머더러가 아니다. 그리고 현재까지 흐름으로 보면 탐정도 머더러가 아닐 가능성이 크다.

그렇다면…?

아이돌이나 선생이 머더러라는 뜻이다. 둘 중 머더러는 누굴까…? 확률은 2분의 1. 그러나 아직 결정적인 증거가 없다. 사람 수가 이렇게 줄었는데도 아직 머더러의 정체를 밝히지 못하고 있다니… 분통이 터졌다.

그렇게 수요일이 왔다. 룸에 들어가자 탐정이 먼저 와 있었다. 뒤이어 아이돌, 선생 순으로 룸에 들어왔다. 모두 자리에 앉자 잠시 침묵의 시간이 이어졌다.

왜 그래? 다들 모였으니 슬슬 기담을 시작해줬으면 하는데.

선생

알겠습니다. 이것은 저의 제자 이야기입니다.

선생이 입을 열자마자 원통형 모니터가 나타났다. 그렇게 선생은 기담을 이야기하기 시작했다.

룸을 이용하다가 생각지도 못한 곳에서 예전 제자인 N을 만난 적이 있습니다. N을 만난 곳은 심령현상을 과학적으로 규명하는 룸이었습니다.

그곳에서는 모두 본명을 썼고 3D 기술을 적용한 아바타 덕분에 N은 곧장 제가 누군지 알아차린 듯했습니다. 그는 "선생님!" 하고 먼저 제게 말을 걸어주었습니다.

저는 깜짝 놀랐습니다. N이 교통사고를 당해서 심하게 다쳤다고 들었기 때문입니다. 산길을 운전하고 있는데 산 위에서 떨어지는 바위를 피하다가 가드레일을 박았다고 하더군요. 며칠 전 북상한 태풍 때문에 산사태가 일어난 것을 N은 몰랐다고 했습니다. 그때 조수석에는 N의 약혼자가 타고 있었는데 안타깝게도 그녀는 사망했다고 들었습니다. N이 다친 것도 신경 쓰였지만 약혼자가 세상을 떠나 정신적 충격이 크지 않을까 걱정했습니다.

"이제는 괜찮은 건가?"

제가 그렇게 묻자 N은 고개를 끄덕였습니다.

"네. 아직 왼팔은 움직이기 힘들지만, 아무것도 안 하고 방 안에만 틀어박혀 있기도 뭐해서… 삶의 활기를 되찾고 싶어서 룸에 들어오기 시작했죠."

그 말을 듣고 저는 기뻤습니다.

"그런데 요즘 제 주변에 이상한 일이 많이 일어나서…"

이상한 일? 심령현상을 연구하는 룸에 왔다는 건….

"설마 심령과 관련된 건가?"

농담으로 물었지만 N은 망설임 없이 고개를 끄덕였습니다.

"아무래도 씐 것 같습니다."

저는 그 말을 웃어넘길 수 없었습니다. 그만큼 N은 진지해 보였습니다.

"씐었다니…뭐가 말인가?"

"F 말입니다."

N이 입에 담은 그 이름은 사고 당시 조수석에 타고 있던 약혼자의 이름이었습니다.

"F는 지금도 그날 사고를 낸 저를 원망하고 있는 것 같습니다. 그녀는 죽었지만 전 죽지 않았죠. 그러니 얼른 저도 죽으라고…."

"아니, 그럴 리 없네. 자네를 원망하다니!"

"하지만 아무도 없는 곳에서 여자 목소리가 들리곤 해서… 허공에서 뭔가가 날아올 때도… F가 유령이 되어 제 앞에 나타났다고 생각할 수밖에 없습니다."

"유령 같은 건 존재하지 않네. 다 자네가 헛것을 본 거야"

"저도 그렇게 생각했습니다. 그래서 심령현상을 연구하는 룸에 와서 과학적으로 규명해보고 싶었죠. 하지만…."

불현듯 N이 몸을 부르르 떨었습니다.

"지금 이곳에 F가 와 있습니다. 모르시겠어요?"

N의 말을 듣고 소스라치게 놀라 주변을 둘러봤습니다. 아바타가 몇 명 있지만 유령처럼 보이는 사람은 없었습니다. 유령이 구체적으로 어떻게 생겼는지 모르니 단언할 수는 없겠습니다만… 저는 N에게 말했습니다.

"기분 탓일세. 여긴 룸 아닌가? 유령이 나타날 리…"

룸을 이용한 지도 벌써 몇 년이 흘렀습니다만 룸 안에 유령이 나타났다는 이야기는 들어보지 못했습니다.

"아뇨…. 분명 있습니다. 이렇게 룸까지 따라와서…."

그러더니 N은 제게 "이만 실례하겠습니다." 인사하고 도망치듯 룸에서 나가버렸습니다.

그 뒤로 홀로 남은 제게 말을 붙인 사람이 있었습니다.

"실례합니다. N의 지인분이신가요?"

보아하니 조금 전까지 N의 옆에 있던 여자였습니다.

"N이 초등학교 6학년 때 담임을 맡았습니다."

제 소개를 하자 여자는 정중히 고개를 숙였습니다.

"N과 같은 회사에서 일하는 S라고 합니다."

3D 기술 덕분에 S가 아름다운 여자라는 것을 알 수 있었습니다. 하지만 저는 그녀가 제게 왜 말을 걸었는지 이해되지 않았습니다. 그때 S가 입을 열었습니다.

"제가 바로 그 유령이에요."

그 말을 듣고 어떻게 반응해야 좋을지 알 수 없었습니다.

"죄송합니다. 이렇게 말씀드려봐야 이해 못 하시겠죠."

그러더니 그녀는 그간의 상황을 설명해주었습니다.

"병원에서 퇴원한 N은… 그 뒤로 얼마 동안 낙담해 있었습니다. 약혼자가 세상을 뜨고 자신이 크게 다친 현실을 일하는 것으로 잊으려는 것처럼 보였죠. 지나치게 노력하면서… 차마 옆에서 말을 붙일 새도 없었습니다."

저는 고개를 끄덕였습니다. 상상하건대 분명 풍기는 분위기가 말을 걸기 어려웠을 겁니다.

"그래도 일하다 보면 N과 대화를 나눠야 할 경우가 생기잖아요. 그래서 다른 사람들도 점차 예전처럼 N에게 말을 걸었고 N도 웃는 얼굴로 화답할 때가 많아졌습니다. 하지만…"

S가 고개를 숙였습니다.

"저는 아무리 말을 걸어도 상대해주지 않더군요. 그냥 무시하는 그런 수준이 아니라 마치 이 세상에 존재하지 않는 사람처럼 저를 대했습니다."

듣고 보니 이상했습니다. 학창 시절 N은 다른 사람에게 못되게 구는 학생이 아니었습니다. 오히려 괴롭힘을 당하는 아이에게 다가가 말을 먼저 붙이는 학생이었죠. 자신을 없는 사람처럼 무시했다는 그녀의 말을 좀처럼 믿기가 어려웠습니다.

"회사에서 저는 N의 왼쪽 옆자리에서 일하고 있습니다. N은 앞자리와 오른쪽에 있는 사람이 말을 걸면 반응하는데 제가 말을 걸면 한 번도 대답해주지 않았어요."

"단순히 들리지 않았던 것이 아닐까요?"

제가 그렇게 묻자 S는 고개를 가로저었습니다.

"처음에는 저도 그렇게 생각했습니다. 하지만 여러 번 불러도 제 쪽을 봐주지 않아서… 그러다가 N이 다른 사람과 대화하는 소리를 엿듣게 됐습니다. '이 회사에 유령이 있다. 아무도 없는 곳에서 목소리가 들린다.'라고 하는 N의 말을…"

그 말을 듣고서야 저는 S가 자신을 유령이라고 한 이유를 깨닫게 되었습니다.

"N은 오직 당신만 유령이라고 생각하는 건가요?"

"그게 무슨 뜻이죠?"

"당신의 목소리만 무시하고 있는 건가요? 아니면 다른 사람이 말을 걸어도 반응하지 않을 때가 있나요?"

"그건 잘 모르겠지만 왠지 제게만 그러는 것 같았어요."

저는 곰곰이 생각했습니다. N은 일부러 다른 사람을 무시할 사람이 아닙니다. 그런데 왜 S를 유령처럼 대했을까요?

그러다가 문득 깨달았습니다. 초등학교 저학년 남자아

이가 좋아하는 여자아이에게 일부러 심술궂은 짓을 하곤 한다는 것을요. N이 S를 유령처럼 대하는 것은 오히려 호감을 품고 있다는 반증 아닐까요. 그렇게 생각하자 왠지 가슴이 뛰기 시작했습니다. 제자가 행복해질 수도 있다는 생각에 기뻤습니다.

저는 S에게 말했습니다.

"다음번에 회사로 한번 찾아가도 될까요? 당신 옆자리에 있는 N을 만나 이야기를 나눠보고 싶네요."

그렇게 S와 만날 날짜를 정했습니다. 룸에서 나가기 전에 한 가지 더 확인해야 할 것이 있었습니다.

"S 씨, 혹시 N에게 호감을 품고 있나요?"

그 질문에 그녀는 말없이 고개를 끄덕였습니다.

약속한 날에 회사로 찾아가자 그녀가 안내 데스크에서 저를 기다리고 있었습니다.

S와 N이 일하는 곳은 26층. 교통정보를 제공하는 애플리케이션을 만드는 부서라고 했습니다. 마침 점심시간이어서 사무실 안에는 사람이 별로 없었습니다.

N은 자기 책상 위에 편의점 도시락을 펼쳐놓고 있었습니다. 도시락을 보니 왼편에 감자 샐러드와 전갱이 튀김이 남아 있었습니다. 어렸을 때는 무엇이든 잘 먹는 아이였는데 그새 입맛이 바뀐 걸까요.

S의 말대로 S의 자리는 N의 옆자리였습니다. S는 자기 책상 위에 짐을 내려놓고 N에게 말을 걸었습니다.

"N 씨…"

그러자 N은 순간 화들짝 놀라 젓가락질을 멈추더니 주변을 둘러보더군요. 저와 S 씨 쪽을 향해서도 시선을 보냈지만 마치 눈앞에 저희가 없는 것처럼 곧장 눈길을 다른 곳으로 돌렸습니다.

그리고 "아무것도 안 들려. 아무것도 안 보여." 하고 스스로 되뇌듯 다시 젓가락을 움직였습니다.

"N, 괜찮나?"

저는 N의 어깨를 툭 두드렸습니다. 그러나 N은 반응하지 않았습니다. 알아채지 못할 리가 없는데… 다시 한번 조금 전보다 강하게 N의 어깨를 두드렸습니다.

"N!"

그러자,

"으악!"

N이 느닷없이 편의점 도시락을 뒤엎을 기세로 몸을 벌떡 일으켰습니다.

말을 붙인 우리도 덩달아 놀라고 말았습니다. N은 그대로 의자를 박차고 뛰어나갔습니다. 휴식 시간이 끝나 저는 S와 헤어졌습니다만 그때까지 N은 사무실에 돌아오지 않았습니다. 상사에게 몸이 좋지 않아서 조퇴하겠다고 연락했다고 합니다.

그 뒤로 N은 회사에 나오지 않고 아예 그만둬버렸습니다. 상사가 회사에 남은 짐을 그에게 보내주려고 했지만 N은 집에도 돌아오지 않았다고 합니다. N은 그대로 행방불명돼버렸습니다. 그가 어디서 뭘 하는지 아무도 알지 못했습니다.

저는 어제 S를 만났습니다.

그녀에게 "당신은 유령이 아닙니다. 살아 있는 인간이에요."라고 말해주고 싶었기 때문입니다.

하지만 S는 납득하지 않았습니다. 유령인 자신이 N을 공포에 떨게 해 그가 자취를 감춘 것이라고 생각하며 제 말을 믿지 않았습니다. 결국, S도 어디론가 떠나버렸습니다. 마치 진짜 유령처럼 사라져버린 것입니다.

제가 추측하기에 N은 너무도 순수한 사람이었던 것 같습니다. 세상을 떠난 약혼자를 잊어서는 안 된다고 다짐한 거죠. 하지만 그와 S는 모두 살아 있습니다. 살아 있는 사람은 행복해져야 합니다. 저는 세상을 떠난 약혼자도 그것을 바라고 있을 거라고 믿습니다.

그야말로 선생님다운 끝맺음이었다.

원통형 모니터가 사라지고, 머더러가 이 이야기를 어떻게 평가할지 궁금해할 때 탐정이 먼저 입을 열었다.

탐정
사고 당시 N이 탄 차는 운전석이 왼쪽*에 있는 차량이었나?

그러자 선생이 깜짝 놀라며 물었다.

선생
어떻게 아셨죠?

탐정
N이 머리 오른쪽 부분을 다쳤으니.

나는 탐정의 설명이 잘 이해되지 않았다. 탐정은 어떻게 N이 다친 곳이 머리 오른쪽 부분인 걸 알았을까?

---

* 일본은 대부분 운전석이 오른쪽에 있다.

탐정

그걸 설명하기 전에 자네가 듣기 괴로울 이야기부터 해야 할 것 같군.

탐정은 그렇게 서두를 떼고 이야기를 이어갔다.

탐정

N은 자네가 생각한 것처럼 그렇게 순수한 남자가 아닐세. 그는 사고로 위장해서 약혼자를 죽였어.

소스라치게 놀라는 우리를 뒤로하고 탐정이 말했다.

탐정

약혼자의 죽음은 교통사고로 판명됐지만, 사실 그 안에는 N의 살의가 있었네. 그가 회사에서 맡은 일이 교통정보를 제공하는 애플리케이션을 만드는 일이라고 하지 않았나. 당연히 수많은 교통정보를 알고 있었을 거고 그날 산에서 바위가 떨어질 것도 미리 알았을 가능성이 크네.

물론 가능성일 뿐이고 정말로 그가 그런 정보를 사전에 알고 있었는지 증명할 수는 없을 걸세. 거기다가 예상치 못하게 그도 크게 다쳤으니. 그러나 오히려 그것 때문에 N은 더욱 의심받지 않게 되었을 걸세.

탐정

하지만… 믿을 수 없습니다. 다른 사람도 아닌 N이 살인이라니….

선생

선생이 중얼거린다.

그를 무시하고 탐정은 추리한 내용을 계속 설명했다.

다른 사람은 몰라도 N은 자신이 약혼자를 죽인 걸 알고 있었네. 궁지에 몰린 N은 약혼자가 유령이 되어 나타났다고 의심하며 겁먹은 채로 살아가야 했지. 그럴 때 그에게 호감을 품은 S가 나타난 거고. 하지만 N에게 그녀는 약혼자를 떠올리게 하는 여자였을 테고, S가 약혼자의 분신처럼 보였을지도 모르네. 다만 그가 S를 무시한 것은 죄책감 때문만은 아니었을 걸세.

탐정

탐정

그건 그의 차 운전석이 왼쪽에 있었다는 사실에서 추측할 수 있지.

여전히 잘 이해되지 않는 탐정의 설명… 우리는 인내심 있게 뒷이야기를 기다렸다.

탐정

운전석에 타고 있던 N이 아니라 조수석에 타고 있던 약혼자가 사망했다는 건 조수석 쪽 충격이 훨씬 컸다는 걸 의미하네. 그리고 N의 머리도 조수석과 가까운 쪽이 더 크게 다쳤겠지. 그게 아마도 머리의 오른쪽 부분이었을 테고. N이 머리의 오른쪽을 다쳤다는 말은 운전하던 사람의 오른쪽이 조수석, 다시 말해 운전석이 왼쪽에 있는 차였다는 말이 되지.

탐정은 간단한 추리라는 듯 말했다.

선생

아니… 그전에 N이 머리의 오른쪽을 다친 걸 어떻게 아셨죠?

203

선생이 물었다.

탐정

> N이 '편측 공간 무시'를 앓고 있었으니.

편측 공간 무시…?

아이돌

> 편측 공간 무시라니, 그게 뭐죠?

아이돌이 물었다.

탐정

> 뇌 손상에 따른 병이네. 무시 증후군 유형 중 하나지. 뇌 손상으로 시공간이나 신체의 일부를 제대로 인지하지 못하게 되는 걸세. 쉽게 말해 오른쪽 뇌가 다치면 반대편인 왼쪽 자극에 반응하거나 주의를 기울일 수 없게 되지. 일반인의 눈으로 보면 일부러 그런다고 볼 수밖에 없는 증상이 생기네.

선생

그럼 N이 S를 무시하거나 유령의 목소리가 들린다고 한 게 그 편측 공간 무시 때문이었다는 말인가요?

선생의 질문에 탐정이 고개를 끄덕였다.

탐정

자네 이야기만 들으면 그럴 가능성이 크네.

아이돌이 묻는다.

아이돌

그럼 왼쪽 뇌에 상처를 입으면 오른쪽 자극에 반응하지 못하게 되나요?

탐정

꼭 그렇다고 할 수는 없네. 공간 개념을 인지하는 건 주로 오른쪽 뇌의 역할이니까. 그러니 왼쪽 뇌를 다쳤다고 해도 오른쪽 뇌가 보조해주니 편측 공간 무시가 쉽게 일어나지는 않네.

탐정은 편측 공간 무시의 증상을 좀 더 설명해주었다. 가령 밥을 먹을 때 그릇의 절반에 손을 대지 않는다거나, 안경테 한쪽이 귀에 제대로 걸쳐져 있지 않다거나, 뭔가를 똑바로 인식하지 못하거나, 자주 어딘가에 부딪히거나.

그러고 보니 선생의 기담 내용 중에 N이 편의점 도시락 왼편에 담긴 감자 샐러드와 전갱이 튀김을 남겼다는 이야기가 있었다.

따분해 죽겠네. 선생이라서 학생들을 많이 만났으니 조금 더 재미있는 기담을 들려줄 거라 예상했는데 실망이야. 애초에 당신이 교사로서 학생들을 제대로 돌본 게 맞아? 겉모습만 보고 N의 인성을 잘못 판단한 거 아니야? 그러니 이렇게 재미없는 이야기밖에 못 들려주는 거겠지. 내 말이 틀려?

선생이 고개를 숙인다. 기담뿐만 아니라 교사의 자질까지 부정당한 선생이 왠지 움츠러든 것 같았다.

뭐 됐어. 다음에 다시 태어나면 조금 더 제대로 된 교사로 거듭나도록 해.

그 말이 끝나자마자 선생은 사라졌다.

나는 빈 의자를 바라보며 생각했다. 선생은 머더러가 아니었다. 그러면 이 단계에서 남은 사람은 나와 아이돌, 그리고 탐정. 나는 머더러가 아니다. 탐정도 머더러가 아닐 가능성이 크다. 그럼 아이돌이 머더러라는 뜻이다.

나는 머더러의 정체를 알아냈다고 입을 열려고 했다. 그러나 '나는 머더러가 아니다. 탐정과 머더러를 비교하면 아이돌이 머더러로 더 유력하다. 그러니 아이돌이 머더러다.' 이 주장이 과연 논리가 맞는 이야기일까?

그런 고민에 빠진 사이 머더러가 입을 열었다.

> 그럼 다음 기담을 들려줄 사람을 정할게.

룰렛이 나타나기 전에 아이돌이 손을 번쩍 들었다.

> 다음은 제가 할게요.

아이돌

일곱 번째 기담

"제가 죽으면 유산상속 분쟁이 일어날까 봐 걱정되시나요? 하지만 제가 죽어도 제 유산에는 누구도 손댈 수 없습니다. 모조리 기부할 것이기 때문입니다. 유언장에도 그렇게 적어뒀습니다. 자녀와 손자들이 보면 화를 내겠죠. 하지만 제가 죽기 전까지는 저를 비롯해 아무도 유언장을 미리 볼 수 없습니다."

아이돌이 다음 순서를 자처하는 바람에 내 추리도 멈췄다. 무슨 일이지? 머더러라는 의심을 사지 않으려고 먼저 나선 걸까? 아니면 더 깊은 뜻이 있을까?

그때 머더러가 입을 열었다.

남은 사람은 세 명. 다음 차례가 될 확률은 3분의 1이야. 만약 다른 두 사람이 반대하지 않으면 다음 순서는 아이돌로 정할게.

나는 탐정 쪽을 봤다. 탐정이 천천히 고개를 끄덕였다.

좋아. 그럼 다음 주자는 아이돌. 모임은 금요일 오후 5시!

나는 아이돌에게 물었다.

> 왜 다음에 하겠다고 나섰어?

아이돌은 대답하지 않았다.

탐정
> 무슨 꿍꿍이지?

탐정의 질문에도 대답하지 않는다.

아이돌은 룸을 나갈 때 우리 쪽을 돌아보며 입을 열었다.

아이돌
> 이렇게 하는 게 최선이라고 생각했어요.

나는 그 말의 의미를 이해하지 못했다. 로그아웃하고 나서 침대에 들어가 생각에 잠겼다. 아이돌의 노림수는 뭘까? 머더러가 아이돌인 것은 틀림없어 보인다. 그런 아이돌이 다음 주자로 직접 나섰다. 이것은 무슨 뜻일까.

만약 아이돌이 머더러라면 자신의 기담을 칭찬하겠지.

그렇게 자신은 살아남는다. 순간 머릿속이 번뜩였다. 나는 탐정과 내가 머더러가 아니라는 것을 알고 있다. 그러니 머더러가 아이돌의 기담을 칭찬한 순간 "머더러는 아이돌이야!"라고 지적하는 것이다. 추리의 근거는 자신이 머더러이니 기담을 칭찬해서 살아남았다는 것. 그렇게 머더러의 정체를 밝혀낸 나는 약속대로 살해되지 않는다. 왠지 몸이 가벼워진 것 같았다. 머리 위에 있던 먹구름이 사라지고 태양이 얼굴을 내민 듯한 기분이다. 나는 오랜만에 푹 잠들 수 있었다.

금요일이 왔다.

룸에 들어가는 마음이 가볍다. 처음 룸에 들어왔을 때를 떠올렸다. 그러고 보니 그때는 순수하게 기담을 들으려고 이 룸에 들어왔었다. 설마 이런 사태에 휘말릴 줄은 상상도 못 했는데… 내게는 그때부터 겪은 일들이야말로 기담처럼 느껴졌다.

하지만 그것도 이제 곧 끝이다.

힘찬 발걸음으로 방에 들어가자 먼저 와 있던 탐정이 나를 보며 입을 열었다.

탐정

활기차 보이는군.

네, 뭐.

나는 애매하게 대답하고 자리에 앉았다. 탐정은 나보다 추리력이 뛰어나니 내가 내린 결론에 이미 도달했을 것이다. 뒤이어 아이돌이 룸에 들어왔다. 말없이 자리에 앉는 모습을 나는 냉정하게 바라봤다. 내 추측이 옳다면 아이돌이 기담을 들려준 직후 머더러는 그녀의 기담을 칭찬할 것이다. 그러면 나는 그때 그녀가 머더러라는 것을 지적할 것이다. 근거도 있다.

살 수 있다.

깊이 숨을 내쉬었을 때 테이블 가운데에 원통형 모니터가 나타났다. 그리고 등장한 머더러.

자, 슬슬 들어보도록 할까.

아이돌이 가볍게 고개를 끄덕였다.

전 이곳 말고도 '룸48'이라는 룸을 활용하고 있습니다. 룸48을 아시나요? 그곳은 아이돌과 팬들이 만나는 룸입니다. 오천 명 정도가 들어갈 수 있는 초대형 룸이죠. 전 초창기부터 그곳의 게스트였습니다. 지금부터 그곳에서 제가 만난 두 사람, 왕자와 공주의 이야기를 들려드리겠습니다.

왕자를 처음 만난 것은 악수회 때였습니다.

악수회는 연예인이 줄 서서 기다리는 팬들과 일일이 악수하는 이벤트 같은 것이라 보통 대면해서 하는 것인데, 가상공간인 룸 안에서 악수회라니, 이상하죠? 하지만 팬들은 그런 걸 신경 쓰지 않습니다.

그날 룸에서 열린 악수회에도 수많은 팬이 와주었습니다. 제 앞에도 팬들이 줄을 지어 섰습니다. 왕자는 그 팬 중 한 명이었습니다. 그를 처음 알아본 것은 그의 아바타가 너무 평범해서 오히려 눈에 띄었기 때문입니다.

룸48에서 사용하는 아바타는 인간입니다. 팬들은 주로 젊은 남자 아바타를 쓰는 경우가 많은데, 머리 모양과 복장에 자신만의 개성을 더해 다르게 꾸미죠. 하지만 왕자는 기본 남자 사람 유형에 아무것도 추가하지 않고 그대로 쓰고 있었습니다.

그리고 악수회 대열에 서 있을 때는 정말로 즐거워서 어쩔 줄을 몰라 하는 것 같았습니다. 그래서 저는 왕자가 제 앞에 왔을 때 "기뻐해주셔서 저도 정말 기뻐요."라고 말해주었습니다. 그러자 왕자는 아주 멋진 미소를 지으며 말했습니다.

"젊다는 것은 그 하나만으로도 즐거운 것입니다."

그의 말을 계기로 저는 왕자와 채팅 모드로 대화를 나누게 되었습니다(실은 팬과 채팅 모드로 소통하는 것은 룸의 운영 방침상 금지되어 있었지만요).

왕자는 자기 나이가 여든여덟 살이라고 했습니다. 젊은 시절부터 오로지 일만 하고 그 덕에 많은 재산을 손에 넣었지만 오직 그뿐이었던 일생을 살았다고 하더군요. 아내를 먼저 떠나보냈고 자식과 손자들은 가정을 등한시한 그를 잘 따르지 않았습니다. 그걸 넘어 그를 미워한다고 했습니다.

그는 평생 써도 못 쓸 거금을 손에 넣었지만 이제는 젊었을 때처럼 돈을 쓰는 즐거움도 없다고 했습니다. 그러다가 청춘이었던 그 시절을 다시 느끼고 싶어 일부러 젊은이들이 모이는 룸에 들어온 것입니다. 그 뒤에도 왕자는 악수회가 열릴 때마다 룸에 와서 다른 멤버들과도 친분을 쌓았습니다.

그러던 어느 날, 아이돌 멤버로 공주가 들어왔습니다.

차분해 보였고 아이돌이라기보다 어디에나 있을 법한

평범한 여자 같아 보였습니다.

그 공주는 점차 왕자와 가까워졌습니다(팬과의 연애는 룸의 운영 원칙상 엄격히 금지되었지만요).

저는 공주의 어디가 좋은지 왕자에게 물었습니다.

"그녀를 보면 제가 젊었을 때 헤어진 연인이 되돌아온 것 같습니다."

왕자는 그렇게 대답했습니다. 그리고 제게 자신이 젊었을 때 연애했던 이야기를 들려주었습니다.

"당시 가난했던 저와 달리 그녀는 부잣집 귀한 딸이었습니다. 결국 신분 차이 때문에 저는 그녀와 억지로 헤어질 수밖에 없었습니다. 그 뒤로 잠잘 시간을 아끼며 일하고, 회사를 창업하고, 그녀의 집안에 어울리는 사람이 되려고 열심히 노력했습니다. 성공해서 막대한 재산을 얻게 되자 다시 그녀를 찾기 시작했습니다. 그러나 그때는 이미 그녀의 집안이 빚더미에 앉았고 그녀 역시 병으로 사망한 후였습니다. 저는 실의에 빠진 채로 다른 여자와 결혼했고요. 재산을 노리고 접근한 여자인 것을 알았지만 자포자기하는 심정으로 결혼을 선택했던 것 같습니다. 그러니 자연스럽게 자식과 손자에게도 애정을 주지 못했고요. 나이를 먹으며 제게 다가오는 사람들이 모두 제 돈을 노려 접근하는 거라고 의심했고 그 누구도 믿지 않았습니다. 그럴 때 헤어진 연인과 꼭 닮은 공주를 만난 것입니다."

"룸 안에서 아바타는 얼굴을 자유자재로 바꿀 수 있습니다. 우연히 공주의 얼굴이 예전 연인과 닮았던 거겠죠."

제가 그렇게 지적하자 왕자는 고개를 가로저었습니다.

"저도 처음에는 그저 우연이라고 생각했습니다. 하지만 공주가 저를 보며 '기억해?'라고 묻지 뭡니까."

왕자는 깜짝 놀라는 저를 보며 즐거운 듯이 말했습니다.

"하지만 그 말을 한 건 그때뿐이었죠. 나중에 물어보니 제 얼굴을 보자마자 자기도 모르게 '기억해?'라는 말이 입에서 튀어나왔다더군요."

저는 반신반의하며 왕자의 이야기를 들었습니다.

"아무튼 그 일을 계기로 공주와 친해졌습니다. 공주는 제게 헤어진 연인에 대해 여러 번 물었습니다. 그리고 제 이야기를 들으면서 공주는 헤어진 연인과 더욱더 닮아갔습니다."

왕자의 이야기를 들을수록 정말로 헤어진 연인이 공주가 되어 돌아온 것이 아닐까 하는 생각이 들었습니다.

"저는 공주와 다른 룸에서 따로 만났습니다. 실은 현실 세계에서 만나고 싶었지만 그녀는 그러고 싶지 않다더군요. 생각해보면 현실 세계에서 저는 죽을 날이 가까워 오는 노인입니다. 저도 그런 모습을 보여주고 싶지 않았으니 결국 공주와 만날 수 있는 공간은 룸뿐이었습니다.”

저는 왕자의 마음을 절실히 이해했습니다. 현실 세계에서 노인이어도 룸 안에서는 젊어질 수 있고, 줄곧 청춘 시절을 만끽할 수 있다는 그 마음을요.

왕자는 마지막으로 말했습니다.

“요즘은 젊은 시절 겪은 일들이 가물가물하지만 공주와 대화하다 보면 하나둘 떠오릅니다. 오늘도 예전 연인과 처음 데이트를 했던 날이 떠오르더군요.”

왕자는 먼 곳을 바라봤습니다.

“그때 그녀는 주먹밥 두 개를 도시락 통에 담아왔습니다. 그 안에 어떤 속 재료가 들어 있었는지 아십니까?”

저는 매실장아찌나 연어일 거라고 예상했습니다.

그러나 왕자는 제 대답에 모두 고개를 가로저었습니다.

“정답은 딸기입니다. 재미있죠? 그때 그녀는 딸기 찹쌀떡이 있으니 딸기 주먹밥도 괜찮겠다고 생각해서 만들어봤다고 했습니다. 공주는 그런 이야기를 즐겁게 들어주었습니다.”

딸기 주먹밥의 맛이 어땠는지 묻자 왕자는 반대로 제게 물었습니다.

“세상에 딸기 찹쌀떡은 있지만 딸기 주먹밥은 없는 이유가 뭐라고 생각하시나요?"

그 말을 듣고 맛은 얼추 상상할 수 있었습니다.

"하지만 그날 이후 전 주먹밥 속 재료는 딸기가 최고라고 생각하고 있습니다."

왕자는 이제 다시 공주와 만날 거라고 했습니다.

"사흘에 한 번꼴로 공주와 만나고 있습니다만 저도 이제 나이가 많아서 언제까지 만날 수 있을지는… 그래도 죽는 건 두렵지 않습니다. 죽으면 그때는 헤어진 그녀와 다시 만날 수 있겠죠. 그것도 기대하고 있습니다."

왕자는 걱정하는 제 얼굴을 보며 말을 이었습니다.

"제가 죽으면 유산상속 분쟁이 일어날까 봐 걱정되시나요? 하지만 제가 죽어도 제 유산에는 누구도 손댈 수 없습니다. 모조리 기부할 것이기 때문입니다. 유언장에도 그렇게 적어뒀습니다. 자녀와 손자들이 보면 화를 내겠죠. 하지만 제가 죽기 전까지는 저를 비롯해 아무도 유언장을 미리 볼 수 없습니다."

거기까지 말하고 왕자는 말이 너무 많았다는 듯이 룸에서 나갔습니다.

환생이라는 것이 정말로 있는 걸까요. 두 사람이 만났을 때 처음 공주가 입에 담은 '기억해?'라는 질문… 공주가 왜 그런 질문을 했는지 지금은 알 도리가 없습니다. 그 뒤로 얼마 지나지 않아 왕자가 세상을 떠났고 공주도 아이돌을 그만뒀기 때문입니다. 그러나 지금도 두 사람을 떠올리면 저는 가슴 한구석이 따스해지곤 합니다.

　아이돌이 기담을 다 이야기하고 나자 원통형 모니터가 사라졌다. 자, 이제 만약 아이돌이 머더러라면 그는 분명 아이돌의 기담을 칭찬할 것이다. 그렇게 아이돌은 목숨을 건지겠지.

> 흠, 내 취향과는 조금 다르지만 꽤 재밌네. 뭐랄까, 판타지 같은 느낌이야.

　역시! 머더러는 아이돌이었어! 그렇게 확신했을 때 탐정이 입을 열었다.

탐정

> 판타지? 그게 무슨 말도 안 되는 소리인가. 조금 전 그 기담은 아주 현실적이고 무서운 이야기였는데 말이지.

　나는 탐정이 무슨 말을 하는지 이해하지 못했다.
　아이돌이 물었다.

221

아이돌

그게 무슨 말씀이세요?

탐정

내 눈에는 조금 전 이야기 속 이면에 다른 것들이 숨겨져 있는 듯 보이네.

그리고 탐정은 몸을 일으켜 원탁 주변을 걸었다.

탐정

룸에서는 현실 세계와 다른 모습인 아바타로 나타날 수 있다는 사실을 고려하면 공주가 왕자의 헤어진 연인과 닮은 아바타로 나타난 것은 우연이라기보다 일부러 닮은 아바타를 선택했다고 해석하는 게 자연스러울 걸세.

아이돌

네? 하지만 뭘 위해서요?

탐정

왕자의 유산을 손에 넣기 위해서지.

유산… 탐정이 말을 잇는다.

탐정

왕자는 막대한 재산을 지녔다고 했네. 거기에 나이가 많아 언제 죽을지도 모르는 상황이었지. 왕자의 자녀와 손자들은 유산이 어디로 향할지 궁금해서 어쩔 줄을 몰랐을 걸세.

공주가 왕자의 유산을 노렸다는 말씀인가요?

내 질문에 탐정은 고개를 끄덕였다.

탐정

내가 추리하기에 공주와 그 배후에 있는 자들은 확실히 왕자의 유산을 노렸네.

그리고 탐정은 자신이 추리한 바를 계속 설명했다.

탐정

유산을 노린 자가 궁금했던 것은 유언장의 내용이었을 걸세. 왕자는 유산을 기부할 거라고 했는데, 만약 그게 사실이라면 유산이 손에 들어오도록 자신들에게 유리한 내용으로 바꾸고 싶었겠지. 왕자도 그걸 알았으니 유언장 관리에 신중을 기했을 거고. 자, 그럼 자네라면 유언장을 어떻게 관리했나?

탐정이 나를 가리키며 물었다.

> 신뢰할 만한 변호사에게 맡겼겠죠.

탐정은 고개를 가로저었다.

> 그는 아무도 믿지 않는다고 했네. 그런 사람이 과연 변호사에게 맡겼겠나? 돈을 주고 매수하면 유언장 내용을 흘릴 수도 있는데? 절대 맡기지 않았을 걸세.

탐정

> 그럼 어떻게 했다는 거죠?

> 금고에 넣었겠지. 그것도 반드시 암호를 입력해야만 열리는 금고에 말일세.

탐정

열쇠는 복제할 수 있다. 그러나 암호는 풀지 못하는 이상 열 수 없다. 무척 견고한 보안 수단인 셈이다.

탐정

그뿐만 아니라 왕자는 '나를 비롯해 아무도 유언장을 볼 수 없다.'라고 했네. 왕자는 왜 자신도 유언장을 볼 수 없다고 했겠나?

아이돌

혹시… 왕자가 암호를 잊어버렸다?

아이돌이 중얼거리듯 말했다.

그러자 탐정이 고개를 끄덕인다.

탐정

나이가 많다고 했으니 왕자가 암호를 잊어버렸다고 해도 이상하지 않네. 그럼 자네라면 암호를 어떻게 관리할 텐가?

탐정이 또다시 나를 가리키며 물었다.

메모지에 써서 벽에 붙여놓겠죠.

탐정

주변에 유산을 노리는 사람들이 있는데도 말인가?

어이가 없다는 듯이 천장을 올려다보는 탐정.

그럼 암호 관리 소프트웨어를 쓸 거예요. 본인만 알 수 있는 질문과 대답을 설정해서 암호를 잊어버렸을 때를 대비하겠죠.

탐정

질문은 어떻게 설정할 건가?

음… '함께 사는 동물 이름'이나 '처음 수영을 배운 나이' 같은 걸로….

탐정은 고개를 연신 끄덕이고 다시 입을 열었다.

탐정

만약 그 질문이 '처음 데이트를 한 장소'나 '좋아하는 주먹밥 속 재료'였다면?

주먹밥 속 재료….

탐정

왕자가 만약 이런 질문을 설정했다면 자녀와 손자들은 정답을 알 도리가 없겠지. 왕자 자신도 젊은 시절 기억을 점차 잊어가는 마당에.

탐정

무엇보다 '좋아하는 주먹밥 속 재료'라는 질문을 보며 '딸기'라고 대답하기란 대단히 어려울 걸세.

아이돌

그럼 왕자가 젊은 시절을 다시 떠올리게끔 일부러 왕자 앞에 공주가 나타났다는 말인가요?

아이돌의 질문에 탐정이 고개를 끄덕였다.

탐정

'딸기 주먹밥' 이야기를 털어놓고 얼마 지나지 않아 왕자가 세상을 떴다고 했지. 공주도 아이돌을 그만뒀고. 그건 뭘 의미하는 것 같은가?

질문에 대한 대답만 알아내면 유언장을 손에 넣을 수 있다. 그리고 내용을 바꿔 쓰면 그다음에 바라는 것은 왕자의 죽음….

룸 안에 정적이 흘렀다.

아아, 아쉽네. 탐정의 추리를 듣기 전까지는 재미있었는데.

그때 갑자기 머더러가 등장했다.

아이돌

그 말씀은 제 기담이 불합격이라는 뜻인가요?

그래.

아이돌

아쉽네요.

아이돌이 내 쪽을 본다. 그리고 가볍게 손을 흔들었다.

어? 왜 나한테 손을…?

그러나 의문을 해소할 수 없었다. 묻기도 전에 아이돌이 사라졌으니까. 아이돌은 머더러가 아니었다.

자, 남은 사람은 두 명. 다음 순서를 정하도록 하지.

머더러의 말이 끝남과 동시에 룰렛이 나타났다.

나는 입을 열었다.

> 그럴 필요 없어.

음? 왜지?

> 머더러의 정체를 밝힌 사람은 살려주겠다.
> 그렇게 약속했지?

그래, 맞아. 하지만 어림짐작은 안 돼.
제대로 된 근거를 제시해야 해.

머더러의 발언에 나는 고개를 힘차게 끄덕였다.

그리고 탐정을 가리켰다.

> 탐정이 머더러야.

내 발언을 듣고도 탐정은 반응하지 않았다.

그 대신 머더러가 물었다.

근거는?

> 남은 사람은 두 명. 나는 머더러가 아니야.
> 그러니 탐정이 머더러야!

이보다 더 강력한 근거는 없다. 나는 이겼다고 생각했다. 이 무시무시하고 말도 안 되는 살인 게임이 드디어 끝난다. 그러나 탐정이 한숨을 내쉬며 나를 가리키고는 이렇게 말했다.

탐정

> 이런 우연이. 나도 내가 머더러가 아니라는 걸 잘 알고 있는데 말이네. 그러니 자네가 머더러일세.

무슨 말도 안 되는 소리를! 그렇게 외치고 싶었다. 하지만… 나는 내가 머더러가 아니라는 것을 알고 있어도 그것을 증명할 수는 없다. 그러니 탐정이 머더러라는 전제도 증명할 수 없는 것이다. 탐정이 비웃듯이 말했다.

탐정

> 이제 알겠나? '내가 머더러가 아닌 것은 내가 가장 잘 안다. 그러니 상대가 머더러다.' 이건 내가 아닌 다른 사람에게는 통용되지 않는 말이란 말이네.

탐정의 발언에 나는 고개를 끄덕일 수밖에 없었다.

그동안 룰렛이 돌아갔다.

데구루루루루루.

기세 좋게 돌아가던 구슬이 점점 느려지더니 탐정을 가리키는 구멍에 떨어졌다.

자, 다음 주자는 탐정이야! 지금껏 다양한 사건을 해결해왔을 테니 당신이 들려줄 기담에 거는 기대가 아주 커.

탐정

그 기대에 보답하도록 노력해보겠네.

그럼 다음 모임은 월요일 오후 5시. 기대할게!

탐정이 룸을 나갔다.

홀로 남은 나는 의자에서 몸을 일으킬 힘도 없었다.

여덟 번째 기담

"그 정신과 의사는 인간의 정신세계, 그 밝혀지지 않는 비밀의 문을 항상 열고 싶어 했지. 그래서 자신이 탐구할 만한 가치가 있는 기이한 환자를 애타게 기다리고 있었어. 그리고 마침내 그가 찾아왔지. 자신이 왜 병원에 왔는지조차 모르는, 언제 기억을 잃는지, 이게 현실인지조차 구분하지 못하는 그가…"

로그아웃을 하고 나서 확신했다. 탐정이 머더러다. 틀림없다. 이렇다 할 근거를 댈 수는 없지만 나는 안다. 다른 사람이 알아줄 필요도 없다. 중요한 것은 탐정, 즉 머더러를 어떻게 쓰러뜨리느냐이다. 다음 기담을 이야기할 주자는 탐정.

그의 기담을 듣고 머더러는 절대 재미없다고 하지 않을 것이다. 그리고 살아남은 그는 다음 주자인 나의 기담을 듣고 재미없다고 할 것이다. 결국 마지막에 남은 탐정만 살아남게 된다. 이런 전개를 어떻게 해야 무너뜨릴 수 있을까. 골똘히 생각했지만, 해답은 나오지 않았다.

결국 묘안을 떠올리지 못한 채로 월요일이 왔다. 룸에 들어가자 탐정은 이미 들어와 의자에 앉아 있었다. 나는 원탁

주변에 놓인 의자를 세어봤다. 전부 합쳐 열 개. 그중 사람이
앉아 채워진 것은 나와 탐정이 앉은 두 개뿐이다.

탐정

횡하군.

탐정이 중얼거렸지만 무시했다.

다 모인 것 같으니 슬슬 시작해볼까.

머더러가 나타나자 동시에 원통형 모니터도 나타났다.
탐정이 자리에서 일어나 기담을 풀어놓기 시작했다.

━━━━━━━━━◆━━━━━━━━━

이것은 어느 정신과 의사의 이야기다. 그는 채 밝혀지지
않은 인간의 정신세계, 그 비밀에 매료돼 있었다. 동시에 야심
이 넘쳐 그 수수께끼를 풀어서 세계적인 명성을 얻고자 했다.
그는 늘 기묘한 환자가 찾아오길 바랐다.

그러나 의사로서 그런 바람을 입에 담을 수는 없었다. 그
래서 자신의 본심을 숨긴 채, 언젠가 기이한 증상을 호소하는

환자를 만날 날을 고대하며 사람들을 치료했다.

그리고 마침내 때가 왔다.

그 사람은 자신이 왜 병원에 왔는지조차 알지 못한다는 듯 정신과 의사 앞에 앉았다. 그의 이야기를 듣고 의사는 **그 사람** 내면에 다른 사람의 인격이 숨어 있다는 것을 알아차렸다.

'해리성 정체 장애?'

의사는 처음에 그렇게 짐작했다. 해리성 정체 장애는 해리성 장애 중 하나로, 다중 인격 장애로도 불린다. 해리성 장애는 인간이 견디지 못할 상황에 직면했을 때 그것을 내 일이 아니라고 느끼거나 그때 겪은 감정과 기억을 없었던 것으로 하여 마음에 충격을 주지 않으려는 증상이다. 해리성 정체 장애는 해리성 장애 중에서도 가장 증세가 심각한데, 머릿속에서 없애버린 감정과 기억이 다른 인격이 되어 되살아난다.

그런데….

의사는 **그 사람**의 이야기를 듣고 묘한 느낌을 받았다. 뭐랄까, 의사로서 볼 때 이것은 평범한 해리성 정체 장애가 아니다.

해리성 정체 장애는 어떤 정신적 스트레스가 원인이 되어 생기는 경우가 대부분인데, **그 사람**의 경우 이야기를 들어보니 특별히 스트레스를 받는 것 같지 않았다. 그러기는커녕 **그 사람**은 어디에나 있을 법한 평범한 사람 같았다.

물론 평범한 사람도 다른 사람 앞에서 털어놓지 못하는 고민을 가지고 있을 테지만, 정신과 의사로서 지금까지 환자들을 돌봐온 결과, 그것을 구분할 정도는 되었다.

그 사람은 '특징이 없는 것이 특징'이라고 해야 할 만큼 아주 평범해서 그가 다른 인격을 어떻게 머릿속에 지니게 됐는지 도무지 알 길이 없었다.

의사는 오랫동안 찬찬히 그의 이야기를 들었다. 그런데도 원인을 찾지 못했다. 뭔가 짚이는 게 없는지 **그 사람**에게 물어도 느긋한 대답만 돌아올 뿐이었다.

"없습니다. 그리고 이상한 증상이라고 해봐야 가끔 두통이 있는 정도예요. 별로 걱정하지도 않습니다."

그러다가 다른 인격이 나타나면 **그 사람**은 곧장 의식을 잃고 다른 인격에 몸을 빼앗겼다.

의사는 또다시 물었다.

"혹시 의식이 사라지는 걸 알고 있습니까?"

"그러고 보니 제가 모르는 사이에 시간이 제법 흐른 적은 있습니다. 아마 깜빡 졸거나 멍하니 있어서 그랬겠죠."

하지만 **그 사람**은 딱히 신경 쓰는 눈치가 아니었다. 결국 원인을 밝히지 못하고 치료법도 정하지 못한 채 시간만 하염없이 흘렀다.

그러는 동안 **그 사람**의 증세는 더 심해졌고 다른 인격이 점차 늘기 시작했다. 처음에는 한 명뿐이었지만 시간이 지나자 두 명, 세 명으로 늘었다. 그래서인지 다른 인격에 지배되는 시간도 덩달아 길어졌다.

'서두르면 안 돼. 포기하지 않고 끈기 있게 원인을 찾아야 해.' 그렇게 결심한 의사는 마침내 그에게서 문제의 원인으로 보이는 이야기를 전해 들을 수 있었다. **그 사람**은 모두에게 비밀로 하고 소설을 쓰고 있었던 것이다.

━━━━━◆━━━━━

순간 찌릿하고 극심한 두통이 머리를 스쳤다.

뭐야, 이게 무슨 일이지…?

나는 손으로 머리를 감쌌다. 머릿속 어딘가에서 경고음이 울리는 것만 같았다. '더 이상 탐정의 이야기를 들어서는 안 돼.' 그러나 나는 탐정의 기담이 적힌 원통형 모니터에서 눈을 떼지 못했다.

━━━━━◆━━━━━

그 사람은 자신이 소설을 쓴다고 털어놓았을 때 의사가 비웃지 않은 것을 보고 적극적으로 자신의 창작 이야기를 하게 되었다.

"지금껏 소설을 쓴다는 걸 왜 숨기고 있었나?"

의사의 질문에 **그 사람**은 쑥스러운 듯이 대답했다.

"모두가 비웃으니까요. '소설을 쓴다고? 뭐 하러?', '소설
가가 될 생각이야? 그게 가당키나 해?', '주변을 좀 둘러봐. 소설
가가 한 명이라도 있니?' 모두 말도 안 된다며 웃어넘겼으니까
요. 전 그저 좋아서 소설을 쓸 뿐인데⋯."

의사는 그제야 비로소 **그 사람**이 그 일로 엄청난 스트레
스를 받고 있다는 걸 알게 됐고 그것을 원인 중 하나라고 추측
했다. 그의 스트레스를 줄여줄 방법을 찾고자 의사는 소설 쓰는
법 등을 물었다.

"전 등장인물을 만드는 것에 특히 공을 들입니다."

그 사람은 약간 의기양양하게 말했다.

"인물을 세밀하게 설정할수록 소설의 리얼리티가 살아
나니까요."

어디서 태어나 어떻게 자랐는지는 물론이고 **그 사람**은
인물의 더 세세한 부분까지 설정했다. 휴일을 보내는 법, 좋아
하는 옷, 돈을 주웠을 때의 행동, 괴담을 들었을 때의 반응 등⋯.

그뿐만이 아니었다. 걸을 때 어느 쪽 다리가 먼저 나가는
지, 손톱은 얼마나 짧게 자르는지, 1분 동안 눈을 깜빡이는 횟수

같은 것도 생각해냈다. **그 사람**은 소설을 쓰는 데 불필요한 것들까지 떠올렸다. 세밀하게 설정할수록 희미한 인물상이 또렷해진다고 **그 사람**은 말했다.

"등장인물들을 떠올리고 있으면 왠지 제가 신이 된 것 같습니다."

그 사람의 설명을 듣고 의사는 의아했다.

"당신은 소설을 쓰는 것과 등장인물을 만드는 것 중에 뭘 더 좋아하는 겁니까?"

의사의 질문에 **그 사람**은 잠시 고민하다가 대답했다.

"지금은 등장인물을 만드는 게 더 재미있는 것 같네요."

그 사람의 설명이 이어졌다.

"밤이 되면 새로 떠올린 등장인물을 거울 앞에서 연기해보곤 합니다. 복장이나 표정, 서 있는 자세, 다리의 움직임 같은 것들을요. 완벽하게 그 등장인물이 되어보면 좀 더 실제 존재하는 것 같은 인물을 만들어낼 수 있습니다."

"…."

"그런 인물을 만들어내는 동안 신기하게도 저는 왠지 제가 아닌 것만 같아요. 번데기에서 성충이 나오는 것처럼 제 안에서 등장인물이 태어난 것 같달까…"

그렇게 그의 정신 속에서 다른 인격이 탄생하는 것이다.

이야기를 듣고 있던 의사는 확신했다. 이 사람 안에는 그가 만들어낸 등장인물들이 다른 인격이 되어 살아가고 있다. 그 인격이 겉으로 드러나 해리성 정체 장애 같은 증상을 보이는 것이다.

문제는 어떻게 하면 그 인격을 없앨 수 있는가이다. 의사는 고심해보았으나, 좀처럼 좋은 치료법이 떠오르지 않았다. **그 사람**의 증상은 날이 갈수록 심해져서 심지어 치료 중에 다른 인격이 나타나기도 했다. 그럴 때 의사는 **그 사람**의 다른 인격과 대화하며 **그 사람** 안에서 사라지게끔 설득했다.

그러나 **그 사람**이 완벽하게 설정해놓은 인격에게는 "당신은 **그 사람**이 만들어낸 등장인물입니다."라거나 "당신은 실제로 존재하지 않으며, 당신은 그저 **그 사람** 안에 있는 인격 중 하나입니다." 같은 말이 먹히지 않았다. 그 인격들은 그 말을 전혀 믿지 않고 흘려들었다.

'이렇게 인격들과 대화해봐야 소용없겠어.'

그렇게 생각한 의사는 인격을 하나씩 따로 조사해서 대응하기로 마음먹었다. 우선 **그 사람** 안에 살고 있는 여덟 명의 인격에 각각 이름을 붙였다.

'소년'

'만화가'

'히어로'

'인형술사'

'신문기자'

'한량'

'선생'

'아이돌'

소년, 만화가, 히어로….

탐정이 열거한 이름은 지금까지 이 룸에서 사라진 사람들의 이름이다.

도대체 무슨 상황일까?

탐정이 하는 이야기에 왜 그들의 이름이 나오는 걸까? 탐정에게 물으려고 했으나 끼어들 틈도 없이 탐정의 기담은 계속 이어졌다.

의사는 각각의 인격이 탄생한 배경을 조사했다. '소년'은 **그 사람**이 청춘 소설을 쓸 때 떠올린 등장인물이었다. 실제 **그 사람**의 외모, 나이, 성격과 비슷하게 설정됐으며, 스스로 위화감을 알아차리고 있었다. 따라서 자신이 **그 사람** 안에 있는 인

격 중 하나라는 의사의 진단에 관심을 보였다.

'만화가'는 **그 사람**이 되고 싶었던 직업이다. 그러나 **그 사람**은 그림을 그리지 못해서 소설을 쓰게 됐다. 만화가의 존재는 동경하는 직업인 동시에 **그 사람**이 느끼는 콤플렉스의 상징이기도 함 셈이다.

'히어로'는 SF 소설을 쓰려고 떠올린 등장인물이다. 그러나 **그 사람**은 영웅에 대해 잘 몰랐기 때문에 아무리 인물 주변을 세밀히 설정해도 인격에 현실성이 없었다.

'인형술사'는 동화에 쓰려고 떠올린 등장인물이다. 그러나 인물을 만들어내는 동안 '인형이 인형술사를 조종하는 게 아닐까?' 하는 아이디어가 생각나서 처음 목적과 다르게 이야기의 장르가 동화에서 미스터리로 바뀌기 시작했다. 그러다 보니 인형술사의 정체성도 일관성이 사라지고 말았다.

'신문기자'는 추리소설을 쓸 때 떠올린 등장인물이다. 그러나 아무리 사건을 조사해도 진상을 밝히는 존재는 늘 명탐정이다. 신문기자는 조사만 하고 진상을 깨닫지는 못한다. 그러니 신문기자라는 인격은 스스로 가치가 없다고 느꼈다.

'한량'은 전 세계를 돌아다니며 신비로운 체험을 하는 인물이다. 따라서 추리력이 있다는 설정도 덧붙였다. **그 사람**은 한량을 탐정 역할로 하여 이야기 속에서 활약시키려 했지만 추리력이 대단하지 않아서 결국 이 인격도 나중에는 스스로 자신의 가치를 의심하게 됐다.

'선생'은 소년과 마찬가지로 청춘 소설에 등장시키려고 생각한 인물이다. 그러나 **그 사람**은 교사라는 직업에 대해 잘 몰라서 자연히 선생은 '훌륭한 교사를 꿈꾸지만 마음만 앞서는 인물'이 되었고 그러다 보니 강한 콤플렉스를 가진 인격으로 거듭났다. 그는 늘 '내가 진정한 교사일까?'라는 불안감을 품고 있다.

'아이돌'은 **그 사람**이 꿈을 이루고자 열심히 노력하는 아이돌 지망생을 보며 감동해서 만든 등장인물이다. 아이돌의 경우 **그 사람** 안에서 만들어진 것이 아니라 텔레비전에 나온 사람을 보며 만든 캐릭터라서 지금까지의 등장인물과는 조금 다르다. 특히 아이돌의 경우 자신이 다른 사람들과 어떻게 다른지를 항상 신경 쓰고 있어서 '**그 사람** 안에 사는 인격 중 하나'인 것을 스스로 깨달을 가능성이 크다.

각각의 인격에 대해 이야기를 듣는 동안 의사의 눈에는 점차 그들의 개성이 보였다. 이 인격들을 어떻게 **그 사람** 안에서 지워 없앨 수 있을까? 의사는 한가롭게 생각만 하고 있을 수는 없다고 판단했다. 얼른 치료하지 않으면 이 인격들 중 하나가 **그 사람**을 완전히 지배할 수도 있어서다.

걱정이 된 의사는 일단 그를 입원시킨 다음 병원 휴진일

인 목요일을 제외하고 **그 사람**이 늘 치료에 전념할 수 있도록
했다.

    그러고 보니 룸이 목요일에 열린 적은 없다. 그리고 주
말에도….

    "소설가들은 원고 마감일이 다가오면 강제로 호텔 방에
틀어박히곤 한다는데, 이 입원도 그런 거라고 생각하십시오."
    의사의 말을 의심하지 않고 **그 사람**은 평소 즐겨 쓰는 컴
퓨터를 들고 입원했다. 데스크톱 컴퓨터 외에 노트북과 휴대전
화도 챙겨갔다. 그것들은 **그 사람**의 머릿속 인격들이 사용하는
것이다. 병실에 기계를 들여오면서 **그 사람**은 고개를 갸웃거렸
다. 스스로도 왜 이렇게 많은 기계를 갖고 왔는지 이해하지 못
한 것이다.

    나는 고글을 벗었다.
    어두운 방 안. 눈앞에는 지금 사용 중인 노트북이 있다.

그 밖에도 데스크톱 컴퓨터와 태블릿 PC, 스마트폰이 있다.

그러고 보니 이 방에는 왜 이리 기계들이 많은 걸까?

나는 고글을 쓰고 다시 기담을 읽었다.

━━━━━◆━━━━━

치료 중에 의사는 **그 사람**에게 물었다.

"소설 속 등장인물들은 이야기 안에서 살해되지 않는 한 영원히 죽지 않죠? 생각해보니 그건 참 대단한 것 같습니다."

그러자 **그 사람**은 당치도 않다는 듯이 고개를 좌우로 흔들었다.

"아뇨, 그건 말도 안 됩니다. 선생님 말씀대로 소설 속 등장인물들이 죽지 않는 건 맞습니다. 하지만 굳이 필요도 없는데 등장시켰다면 살아 있다고 하기는 어렵죠. 소설을 쓰는 사람으로서 그런 등장인물을 만들어서는 안 된다고 생각합니다."

그는 강한 어조로 말했다.

"등장인물들은 존재를 부정당하면 죽은 거나 마찬가지입니다."

그 말이 의사에게는 이 문제의 치료법을 찾는 실마리가 됐다. 각각의 인격들에게 자신의 존재가 무의미하다는 걸 깨닫게 해주면 자연스럽게 소멸될 것이다. 치료법이 정해졌다.

그리고 그 치료를 행할 장소는….

룸…?

내 말에 탐정이 고개를 끄덕였다.

나는 다시 고글을 벗었다.

하얀 벽에 하얀 천장. 벽에는 거울은 물론 아이돌 포스터 같은 것도 붙어 있지 않다. 살풍경한 이곳은, 병실이다.

고글을 쓰자 탐정의 말이 이어졌다.

탐정

룸을 만들고 나서 자네 병실 안 코르크보드에 암호를 쓴 초대장을 붙였지. 초대장은 한 장으로 충분했네. 자네가 그걸 보면 다른 인격들도 암호를 알게 되니.

모르는 사이에 방 안에 붙어 있던 초대장. 그걸 붙인 사람은 탐정이었던 것이다.

탐정

여기까지 설명했으니 이제는 내 정체도 알
겠나?

기담에 나오는 정신과 의사?

탐정

정답일세.

탐정이 가슴을 펴며 말했다. 내 눈에는 탐정의 아바타
인 북극곰의 하얀 몸이 흰 가운처럼 보였다. 나는 룸 안에서
지금껏 탐정이 들려준 추리를 떠올렸다.

코타르 증후군과 편측 공간 무시, 해리성 정체 장애. 탐
정은 추리하는 내내 다양한 지식을 뽐냈었다. 그때는 탐정이
라서 박식하다고 생각했지만, 알고 보니 전부 정신의학과 관
련된 지식들이다.

그리고 내 방 안에 룸의 초대장을 붙인 인물. 내가 기담
에 관심이 있다는 것을 어떻게 알고 초대장을 보냈을까 내내
의아했었는데, 이것도 나를 치료하는 정신과 의사라면 아는
것이 당연하다.

249

지끈거리는 머리를 두 손으로 감싸며 입을 열었다.

> 소년, 만화가, 히어로, 인형술사, 신문기자, 한량, 선생,
> 아이돌. 그들 모두가 내 머릿속에 있는 인격이라고…?

탐정

> 그리고 내 기담에 나온 **'그 사람'**이 바로 자
> 네라네.

탐정의 말이 가슴에 꽂혔다.

아니, 그의 말을 그렇게 쉽게 믿을 수는 없다.

> 그건 좀 이상하지 않아? 다른 인격이 나타날 때 내 의식
> 은 사라진다며. 하지만 난 그들 모두와 룸 안에서 대화
> 를 나눴어. 내 머릿속에 있는 인격과 대화를 나누다니,
> 그게 가능해?

탐정

> 당연히 현실 세계에서는 무리네. 이곳이 룸
> 이니 가능한 것일 뿐일세.

탐정이 설명했다.

예를 들어 내가 발언한 내용이 자막으로 표시된다. 그리고 다른 인격이 등장해서 같은 방식으로 발언한다. 다른 인격으로 바뀌면서 의식이 사라지더라도 각각의 인격이 서로 대화할 수 있는 까닭은 이런 방식으로 자기가 한 발언이 자막을 통해 룸에 기록되기 때문이다. 쉽게 말해 하나의 인격이 사라지고 그다음 나타난 인격이 지금까지 표시된 자막을 보며 발언하는 것이다.

탐정

실제로 이 룸에서 대화를 나눌 때는 시간이 많이 소요됐네. 자네들은 실시간으로 대화를 나눈다고 생각했겠지만 말이네.

그러고 보니 예전에 룸에서 나간 후 현실 세계의 시간이 상당히 많이 흘렀다는 사실을 이상하게 느낀 적이 있었다. 그러나 기분 탓으로 여기며 깊이 생각하지 않았다.

탐정이 몸을 일으켜 원탁 주변을 걷기 시작했다.

탐정

소년이 있었던 것은 내게 행운이었네. 그는 자신의 존재가 자네에게 악영향을 끼친다고 판단했으니 말이야. 그리고 다른 인격들도 없애야 한다고 생각했으니 내게 협력해준 거야.

소년이 했던 말을 떠올린다. 그가 나를 호의적으로 대한다고 느꼈다.

탐정이 계속 말을 이었다.

탐정

아이돌도 도중에 자신이 당신의 인격 중 하나라고 깨달은 것 같더군. 그래서 순순히 사라지려고 한 거고.

아이돌은 마지막으로 나를 향해 손을 흔들어주었다. 이제야 그 의미를 알겠다. 나는 비어 있는 의자를 바라봤다. 그곳에는 인격들의 아바타가 앉아 있었다. 그러나 그 아바타를 조종하던 사람은 바로 나였다….

그러고 보니 그들의 기담을 읽을 때 뭔가 그리운 듯한, 왠지 알고 있었던 것 같은 느낌이 들었던 것도 내가 직접 떠올린 이야기였기 때문이다.

가슴에 손을 갖다 댔다. 이제 내 안에 그들은 없다. 그리고 그들을 죽인 사람은 정신과 의사인 탐정이다.

아니, 잠깐!

인격을 없애는 것은 분명 치료 행위이고 정신과 의사가 할 일이지만, 그렇다고 머더러가 저지른 짓을 용서할 수는 없다. 아니, 그전에 이해되지 않는 게 또 있었다.

이 룸 안에 있던 사람들이 모두 나의 인격이고, 탐정인 당신이 정신과 의사로서 날 치료하려고 이 룸을 만들어서 내 머릿속에 있던 인격들을 하나씩 지워 없앴다는 거잖아. 그리고 인격을 없애는 건 현실에서 사람을 진짜로 죽이는 일과는 다른 거고. 하지만 이걸 납득하기에는 아직 이해되지 않는 부분이 있어.

나는 손가락을 세우려다가 기린 인형 모습을 하고 있어 체념했다.

우선 모두가 내 인격이었다는 부분부터 납득 못 하겠어. 소년이 살해된 날에 나는 실제로 교통사고가 나서 죽은 소년의 기사를 읽었어. 인격이 살해됐는데 뉴스에 나올 리 없잖아.

탐정

그건 간단한 이야기일세. 순서가 반대였네.

순서가 반대라고…?

253

그날 내가 일하는 병원에 교통사고를 당한 소년이 실려 왔네. 가엾지만 한눈에 봐도 목숨을 구할 수 없을 것 같더군. 그래서 자네 방에 초대장을 남기고 룸을 개설한 거네. 그로부터 몇 시간 뒤에 소년은 사망한 거고.

탐정

탐정이 합장하듯 두 손을 맞댔다.

그런 건가.

아니, 그래도 아직 이해되지 않는 부분이 더 남았다.

한량을 죽인 건?

한량(어차피 나지만)은 자물쇠가 채워진 방 안에 있었다.

그를 어떻게 죽였을까?

그때는 나도 당황했네. 도와야겠다고 생각했고.

탐정

돕는다고? 무슨 뜻이지?

질문할 새도 없이 탐정이 발언했다.

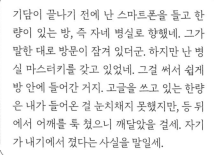

기담이 끝나기 전에 난 스마트폰을 들고 한
량이 있는 방, 즉 자네 병실로 향했네. 그가
말한 대로 방문이 잠겨 있더군. 하지만 난 병
실 마스터키를 갖고 있었네. 그걸 써서 쉽게
방 안에 들어간 거지. 고글을 쓰고 있는 한량
은 내가 들어온 걸 눈치채지 못했지만, 등 뒤
에서 어깨를 툭 쳤으니 깨달았을 걸세. 자기
가 내기에서 졌다는 사실을 말일세.

탐정

그 순간 한량의 인격이 사라지고 내가 의식을 되찾은
걸까.

인격들에게는 하나같이 공통점이 있었는데,
현실 세계에 별반 관심이 없다는 거였네. 마
땅히 이상하다고 느낄 만한 것이나 당연히
깨달아야 하는 것도 아무렇지 않게 간과하더
군. 인간에게는 원래 별개의 인격이 존재해
서는 안 되는데, 그래도 괜찮다고 믿고 싶었
는지 불리한 것은 의식하지 않도록 억제 기
제 같은 것이 발동했던 게 아닌가 싶네. 물론
이건 앞으로 내가 연구해야 할 과제겠지만.

탐정

그는 야심 넘치는 정신과 의사처럼 말했다.
나는 의문을 품고 있던 나머지 질문도 던졌다.

> 그럼 손등에 있던 X자는?

탐정

> 그건 한량이 추리한 게 맞네. 의사라면 맥을 짚을 때 환자의 손을 붙잡지 않나? 그때 자네 몰래 자네의 손등에 X자를 남겼네.

과연, 의사라면 손쉽게 할 수 있는 일이다. 그리고 코르크보드에 붙여놓은 초대장처럼 내 손에만 X자를 남기면 다른 인격들도 X자를 인식할 수 있다. 이런 트릭이 쌓이고 쌓이니 나는 머더러가 마치 절대적인 능력을 가진 신이라고 믿고 말았던 것이다.

탐정

> 그리고 한량은 내 팔이 부러졌다는 트릭에 대해서도 알아챘지. 대단해. 한량이 추리했다는 것은 곧 자네가 추리한 것과 마찬가지일세. 칭찬해주겠네.

> 머더러에게 칭찬받아봐야 하나도 기쁘지 않아.

내가 그렇게 말하자 탐정은 고개를 갸웃했다.

탐정

뭔가 오해하는 것 같은데, 나는 머더러가 아닐세.

뭐라고…?

그러고 보니 조금 전 탐정은 "도와야겠다고 생각했다."
라고 했다. 그럼 그 말은 머더러를 도와야겠다는 뜻인 건가.
탐정은 머더러가 아니다….

하지만 그가 머더러가 아니라면 내가 머더러라는 뜻이
된다. 이미 여러 번 말했지만 내가 머더러가 아닌 것은 내가
가장 잘 안다.

그렇다면 대체 누가….

그때 누가 문을 두드렸다. 나도 모르게 몸을 움찔했다.
대체 누가 이곳에?

문이 열렸다. 룸 안에 들어온 아바타를 보고 나는 심장
이 멎을 뻔했다. 룸에 들어온 것은 나와 똑같이 생긴 기린 인
형 아바타였다.

아홉 번째 기담

"자네는 여전히 이해하지 못하고 있구만.
진짜는 당신이 아니라 바로 이쪽일세."

기린

> 여어.

　내 아바타와 똑같이 생긴 기린 인형은 가볍게 손을 들더니 가까운 곳에 있는 의자에 앉았다. 눈앞에서 벌어지는 광경을 도저히 믿을 수 없었다.

　이게 무슨 상황이지?

　깊이 심호흡을 하며 마음을 가다듬고 냉정하게 생각해보려고 애썼다. 우선 근본적인 문제부터 해결해야 한다.

　나는 룸을 둘러봤다. 이 안에는 지금 총 열 개의 의자가 있다. 그건 룸에 들어올 수 있는 인원이 최대 열 명이라는 뜻이다. 어떻게 열한 번째인 기린 인형이 들어올 수 있었을까? 이 녀석은 대체 뭐지?

　탐정에게 묻자 그는 고개를 절레절레 흔들었다.

탐정

> 자네는 아직도 이해를 못 하는 것 같군. 이 룸은 줄곧 **두 명**이 쓰고 있었네. 나와 자네 말일세.

　줄곧 두 명이었다고?

탐정

자네는 처음부터 열 명이 룸 안에 있었다고 생각하고 있군. 하지만 인형술사나 한량 등 그 열 명은 모두 자네의 또 다른 인격일 뿐이네. 그러니 실제 룸 안에 있었던 사람은 나와 자네 두 명뿐이었던 게지. 지금도.

지금도?

탐정이 무슨 소리를 하는 걸까…?

지금 룸에는 나와 탐정, 내 아바타와 똑같은 생긴 기린 인형까지 총 세 명이 있는데.

그때 내 심장이 쿵 하고 내려앉았다.

나는 조심스럽게 탐정에게 물었다.

혹시 저 기린 인형 아바타도 내 또 다른 인격?

탐정이 고개를 좌우로 흔드는 모습을 보고 가슴을 쓸어내렸다.

탐정

저 기린 인형은 또 다른 인격이 아닐세. 바로 **자네가 또 다른 인격이지.**

탐정이 그 말을 내뱉는 순간, 안심하고 있던 나는 내 안에서 뭔가가 끝나버렸음을 느꼈다. 뭐라고 표현해야 좋을까. 굳이 비유를 하자면 두꺼운 코트를 벗어 던진 것 같다고 해야할까. 나는 마음이 편안해진 채로 자세를 고쳐 의자에 깊숙이 앉았다.

탐정이 입을 열었다.

탐정

조금 전 내가 말한 기담에서는 등장하지 않았지만, 사실 내 병원에 찾아온 사람은 이 기린일세.

탐정은 내가 아닌 다른 기린 인형 쪽을 가리켰다.

탐정

진찰해보니 그의 머릿속에 자네라는 인격이 있다는 것을 알게 됐네. 둘은 성격을 아주 쏙 빼닮았더군. 사고방식도 비슷하고.

그러더니 이번에는 내 쪽을 보며 말을 이었다.

탐정

> 자네의 머릿속에 수많은 인격이 있다는 것을 깨달았을 때 내가 얼마나 흥분했는지 상상할 수 있겠나?

탐정이 두 팔을 활짝 벌렸다.

탐정

> 다른 인격 속의 또 다른 인격이라니! 정신세계의 심연에 도달했다고 생각했는데 거기서 또다시 새로운 문을 열어버린 느낌이었네. 그 문 너머에는 이런 다중 구조의 더욱 무한한 세계가 남아 있었던 게지.

탐정은 즐거워 보였지만 나와 상관없는 일이다.

나는 탐정에게 다시 한번 확인했다.

> 정말 내가 또 다른 인격이라고?

그러자 탐정이 고개를 끄덕였다.

탐정

지금껏 이상하다고 느낀 적 없었나? 지금 자네가 있는 곳이 병실인 것, 자신은 쓰지 않는 수많은 기계가 방에 있었던 것, 룸에서 보낸 시간이 대단히 길었던 것도. 그리고 게스트들이 연이어 살해되는 데도 그다지 공포를 느끼지 못했다는 것도 말일세.

탐정이 줄줄이 읊은 것들을 나는 분명 별로 이상하게 생각하지 않았다. 그 이유가 내가 진짜 인간이 아니라 기린 안에 사는 또 다른 인격이어서 그랬다는 건가….

조금 전에 탐정의 "인격은 현실 세계에 별반 관심이 없어 보였다."라는 말이 불현듯 떠올랐다. 나는 새삼 기린 인형 쪽을 봤다. 나와 똑같이 생긴 아바타.

나는 그의 또 다른 인격….

기린

처음 뵙겠습니다, 이런 인사를 해야 하려나? 당신과는 편하게 이야기해도 될 것 같아서 다행이야.

기린 인형이 입을 열었다.

기린

나를 뭐라고 소개하는 게 좋을까? 넌 내 머릿속에 있는 인격이니 나와 동일 인물이라고 할 수 있겠지. 그렇다고 똑같은 이름으로 부르면 헷갈릴 거고. 고민하기 귀찮으니까 나를 '기린'이라고 불러줘.

기린….

내가 대꾸하지 않았는데도 기린은 신경 쓰지 않고 계속해서 말했다.

기린

의자가 비어 있기도 해서 아바타를 이용해 네 앞에 나타나기로 했어. 하지만 어떤 아바타로 할지 고민이 되더라고. 이것저것 따져보다가 지금껏 너와 공유해온 기린 인형을 고른 거야.

나는 그제야 룸 안에 기린 인형이 두 개 있는 이유를 이해했다. 그리고 녀석에게 가장 궁금한 것을 묻기로 했다.

네가 머더러야?

기린

나 자신한테 '너'라고 불리는 게 썩 기분 좋지는 않네.

그렇게 운을 떼더니 기린은 고개를 끄덕였다. 물론 나는 그가 고개를 끄덕이기 전부터 그러지 않을까 예상했지만 말이다.

예전에 채팅 모드로 인형술사, 아이돌과 셋이 대화한 적이 있다. 그때 머더러는 마치 우리 이야기를 엿들은 것처럼 채팅 모드를 종료시켰다. 내가 머더러의 또 다른 인격이었다고 생각하면 당연한 일이다.

기린이 내 쪽을 바라봤다.

기린

화 안 나?

그 질문에 나는 대답하지 않았다. 분노도 슬픔도 없다. 오히려 냉정해졌다. 내가 가만히 있는 모습을 보며 탐정이 발언했다.

자네는 기린의 머릿속에 사는 또 다른 인격일세. 사라지고 싶지 않은 마음과, 기린을 위해 사라져야 한다는 마음이 동시에 들 테지. 그건 지금껏 우리 앞에서 사라져간 아이돌과 소년이 자네를 위해 사라지려고 한 심정과 똑같을 걸세.

탐정

나는 기린에게 물었다.

룰렛을 돌린 것도 너였어?

그래. 마구잡이 순서로 인격을 없애면 치료 효과가 없으니까. 탐정과 상의해서 가장 효과적인 순서로 없앴지.

기린

그럼 왜 날 가장 먼저 없애지 않았어?
날 없애면 한 번에 모든 인격이 다 사라질 텐데.

거기에는 몇 가지 이유가 있었어. 널 없애도 네 속에 남은 다른 인격은 따지고 보면 나에게 근간을 두고 있기 때문에 시간이 지나면 네가 아니더라도 또 다른 모습으로 발현될 가능성이 있지. 그러니 네가 아닌 다른 인격부터 한 명씩 없앤 거야.

기린

탐정

> 지금껏 보지 못한 증상이었으니 더 신중하게 대처해야 했네.

탐정이 설명을 덧붙였고, 기린은 계속해서 말했다.

기린

> 내 안에 있는 인격은 널 포함해서 게임 캐릭터 같은 게 아니야. 한 번에 모조리 없애지 않고 한 명씩 확실히 대응해야 한다고 생각했어.

그 마음은 이해가 된다. 나는 머더러에게 공감했다.

기린

> 그리고

기린의 발언이 잠시 끊겼다가 이어졌다.

기린

난 자신감이 없어. 열등감도 심한 편이야. 그런 내가 인격들을 없앨 권리가 있을지 고민했어. 그리고 한 명씩 없앤 건 이건 내게 게임이 아닌 진짜 승부였으니까. 만약 내가 아닌 다른 인격이 이긴다면 이 몸을 그 인격에게 양보하고 나 자신은 봉인돼도 상관없다는 생각까지 했어.

나는 기린의 이야기를 듣고 고개를 끄덕였다.

기린

인격들은 자신이 패배했다고 느끼면 사라졌어. 그때마다 난 그 인격들이 사용한 기계를 부쉈고.

어떻게?

기린

페트병에 담긴 물을 부어서.

아바타가 사라지는 것은 그 유저가 쓰는 기계가 고장 나거나, 유저에게 무슨 일이 일어난 것이라고 했던 신문기자의 말이 떠올랐다.

그런가… 모두 기린과의 승부 결과에 납득해서 사라진 건가… 나는 숨을 크게 들이마셨다.

> 그래, 인정할게. 넌 마음을 단단히 먹고 우리를 상대했고, 마침내 이겼어. 인정해야겠지. 상대가 너라면 난 이만 사라져도 괜찮을 것 같아.

몸을 일으켜 룸을 둘러봤다. 이런저런 일이 있었고 의문스러운 일이 많았지만 어쨌거나 모두 해결됐다. 나는 기린 앞에 가서 선 다음 팔을 뻗어 그와 악수했다.

> 이제 내 역할은 끝난 것 같아. 이대로 사라져줄게.

눈을 감았다. 내려가는 엘리베이터에 탄 것마냥 의식이 쓱 하고 흐려진다. 그때 나는 한 가지 해결하지 못한 수수께끼가 생각났다.

그러고 보니 내 이름은 뭐였을까…?

그러나 그 녀석에게 대답을 듣기도 전에 내 의식은 사라졌다.

ENDING

음… 눈을 뜬 나는 어떤 상황인지 몰라 주변을 두리번거렸다. 이곳은… 룸?

큰 원탁과 열 개의 의자는 모두 치운 모양이다. 그 자리에는 손님용 소파와 두 개의 책상이 놓여 있었다. 내가 누워 있는 곳은 소파였다. 벽에는 자료를 보관하는 커다란 캐비닛이 있었다.

나는 고개를 돌려 내 손을 바라봤다. 기린 인형이다.

아, 일어났나 보군.

탐정

룸의 문이 열리더니 탐정이 들어왔다.

그는 옆구리에 커다란 나무판을 끼고 있었다.

전 사라진 게 아니었나요?

탐정은 내 질문을 듣고 손을 좌우로 흔들었다.

탐정

자네는 지금 이곳에 있네. 그것만 믿으면 되네.

탐정이 내 앞에 있는 의자에 와서 앉았다.

나도 자세를 고쳐 앉고 탐정을 봤다.

설명해주세요. 여긴 룸이 아닌가요?

탐정

룸이지. 다만 기담을 들려주는 룸이 아닐 뿐 이네. 미제 사건을 해결해보려고 새로 만든 룸일세.

탐정은 그렇게 대답하고는 옆구리에 끼고 있던 나무판을 내게 보여줬다.

이게 무슨….

탐정 사무소 룸을 만드신 거예요?

탐정

맞네.

의사 일은 어떡하시고요?

탐정

그쪽은 현실 세계에서 보여주는 가짜 모습인 셈이지. 이 룸에 있는 탐정이 바로 내 진정한 모습일세.

탐정이 한 바퀴 빙글 돈다. 나는 이 탐정의 성격이 아직까지 잘 이해되지 않았다. 아니, 이해되지 않는 게 더 있다.

전 사라진 게 아니었나요?

탐정

그럴 예정이었지만 자네는 없애기에 아까운 능력을 지녔더군. 그래서 기린과 상의해서 남기기로 했네.

그럴 수가 있나? 나는 한 번 더 물었다.

아까운 능력이라는 건 혹시 추리력인가요?

질문을 듣고 탐정이 다시 손을 좌우로 흔들었다.

탐정

아니, 탐정 조수로서의 능력일세.

탐정 조수? 고개를 갸웃거리는 나를 신경 쓰지 않고 탐정이 말을 이었다.

탐정

탐정의 조수에게 가장 중요한 능력이 뭔 줄 아나? 바로 탐정의 추리를 듣고 놀라는 능력일세.

탐정

다행히 자네는 다른 이들보다 이 점이 뛰어나더군. 거기에 추리력도 조금 갖췄고.

하지만… 전혀 칭찬으로 들리지 않았다.

탐정

자네 안에는 총 여덟 명의 인격이 있었네. 그것도 경험과 지식이 다양한 인격들이 말이지. 내 치료로 완치되는 바람에 비록 고개를 내밀지 못하게 됐지만 그들은 하나로 합쳐져 자네의 마음속에 남았네. 탐정 조수로서 활동할 때 그들이 도움이 될지도 모르지.

응?

그건 뭔가… 기쁜 말이다.

탐정

그들의 인격까지 포함해 나는 자네가 필요하다고 판단했네. 그리고 자네도 내가 필요하지 않나?

이건 또 무슨 뜻일까.

탐정

여덟 명과는 다른 인격이 혹시라도 고개를 내밀었을 때 정신과 의사인 내 힘이 필요하지 않겠나?

그렇다. 그건 탐정의 말이 옳다.

탐정이 나에게 오른손을 내밀었다.

탐정

앞으로 잘 부탁하네. 음, 그리고….

악수하다가 말고 탐정이 멈칫하더니 이렇게 말했다.

탐정

그러고 보니 자네 이름을 아직 못 들었군.

나는 남몰래 한숨을 내쉬고 이 SNS 세계에서 내 이름을 무엇으로 할지 생각했다.

작가 후기

안녕하십니까. 《기담 룸》을 쓴 하야미네 가오루입니다. 이 책은 2015년 8월 27일, 편집 담당자님과 작품 회의를 한 것이 그 시작이었습니다.

편집자

2015년은 '일본 추리소설계의 아버지'라 불리는 거장 에도가와 란포江戸川乱歩(1894~1965)의 탄생 120주년, 사후 50주년 되는 해입니다. 그러니 란포풍의 이야기를 써주실 수 없을까요?

작가

앞으로 넉 달만 지나면 올해도 끝입니다. 무리예요!

편집자

그럼 써주실 때까지 기다리겠습니다.

작가

정말로 기다려주실 건가요('아니, 그럼 탄생 120주년, 사후 50년의 의미가 없지 않나요…'라는 말은 집어삼켰습니다)?

그렇게 해서 저는 이번 소설을 쓰게 되었습니다.

처음에만 해도 '란포풍의 이야기가 대체 뭘까?' 고민이 많았습니다. 어둡지만 환상적인 분위기를 내는, 란포 특유의 문체를 살린 이야기? 소년 탐정단이나 명탐정 아케치 고고로가 등장하는 이야기?

둘 다 와닿지 않았습니다. 굳이 제가 그런 걸 쓰지 않아도 진짜 란포가 쓴 작품이 있으니까요. 그걸 찾아서 읽으면 그만입니다. 그래서 생각을 전환했지요.

'만약 란포가 지금 이 시대에 살아 있다면 어떤 이야기를 썼을까?'

현실을 꿈처럼 느끼게 하고, 다양하고 오묘한 오로라를 보여주는 듯한 이야기….

결론은 일찍 나왔습니다.

'내 능력으로는 무리다.'라는 결론이. 무리야, 무리.

그러나 일을 한번 맡은 이상 뭐라도 써야만 했습니다. 그렇게 굳게 마음먹고 쓴 작품이 바로 《기담 룸》입니다. 굳이 따지자면 애거사 크리스티의 《그리고 아무도 없었다》에 더 가까운 것 같지만, 이 책을 읽으며 잠깐이라도 에도가와 란포가 떠올랐다면, 다행이네요.

책을 쓰기에 앞서 편집자님에게 이렇게 말했습니다.

작가

전 건망증이 심하니 매달 플롯을 생각해 정리해서 보내드리겠습니다.

그렇게 1년 가까이 플롯을 보내자 마침내 소설의 형태가 어렴풋이 보이기 시작했습니다. 그 후 '몇 가지 사건이 발생하고 그것들이 마지막에 하나의 거대한 사건이 된다'는 이야기를 구성할 수 있게 됐습니다. 제법 까다로운 구성이었지만 어떻게든 될 거라고 생각하며 쓰기 시작했습니다.

편집자

마지막으로 독자가 깜짝 놀랄 만한 반전을 만들어주실 수 있을까요?

작가

네…?

집필을 하고 있는데 편집자님이 그러더군요. 까다로운 주문이었지만 역시나 어떻게든 될 거라고 생각하고 썼습니다. 그렇습니다. 어떻게든 하려고 하면 어떻게든 됩니다. 완성된 원고를 읽고 편집자님은 정말 깜짝 놀라주었습니다.

편집자님이 깜짝 놀랄 만한 원고를 쓸 수 있었던 건 제가 회의할 때 한 부탁을 성실히 들어주셨기 때문입니다.

작가

자료가 필요합니다. 신기한 소재들이 있다면 보내주세요.

편집자

알겠습니다.

설마 정말로 매달 소재들을 보내주실지는 몰랐지만요.

그뿐만 아니라 귀여우면서도 묘한 분위기가 느껴지는 일러스트를 그려주신 시키미 선생님, 진심으로 감사드립니다. 당신의 그림은 최고였어요. 제 아바타인 티베트 여우 인형도 마음에 쏙 듭니다!

매달 소재를 정리해 보내주는 것으로 모자라 아이콘, 자막 등 멋진 책이 될 수 있게 여러 아이디어를 제공해주신 아사히신문 출판사의 가사이 편집자님, 다시 한번 고맙습니다. 그리고 작품이 완성될 때까지 끈기 있게 기다려주신 편집부 여러분께도 고맙습니다.

교정지가 나왔을 때부터 관심을 보이며 "재미있어!" 하고 단숨에 읽어준 제 아내와 전자 기기에 대해 잘 모르는 제게 이것저것 알려준 두 아들에게도 감사의 마음을 전합니다.

그럼 저는 또 다른 이야기로 찾아뵙겠습니다. 그때까지

모두 건강하시기를. 그럼 다시 만납시다!

하야미네 가오루 드림

기담 룸

초판 1쇄 발행　　2021년　9월 14일
초판 5쇄 발행　　2021년 12월 13일

지은이　　하야미네 가오루
옮긴이　　이연승

편집인　　이기웅
책임편집　　양수인
편집　　주소림, 안희주, 김혜영, 한의진
디자인　　MALLYBOOK 최윤선, 정효진
책임마케팅　　정재훈, 김서연, 김예진, 김지원, 박시온, 류지현
마케팅　　유인철
경영지원　　김희애, 최선화
제작　　제이오

펴낸이　　유귀선
펴낸곳　　㈜바이포엠
출판등록　　제2020-000145호(2020년 6월 10일)
주소　　서울시 강남구 테헤란로 332, 에이치제이타워 20층
이메일　　odr@studioodr.com

ⓒ 하야미네 가오루

ISBN　　979-11-91043-40-2 (03830)

모모는 ㈜바이포엠의 출판브랜드입니다.